비닐봉지는 안 주셔도 돼요

비닐봉지는 안 주셔도 돼요

소설가의 제로 웨이스트 실천기

최정화 지음

열린책들

일러두기

- 국립 국어원의 외래어 표기법을 따르되, 인용된 작품명과 저자명, 고유 명사 일부는 원래 표기를 따랐다.
- 인용문에 사용된 문장 부호는 열린책들 표기 원칙을 따랐다.

Prologue

브레이크를 거는 이야기

제로 웨이스트를 실천하면서 우리가 물질적으로는 굉장히 풍요를 누리고 있지만 정신적으로는 굉장한 스트레스를 받고 있다는 점을 실감한다. 물질적 풍요를 줄이고 정신적 만족을 추구하는 것이 답일 텐데, 왜 그 일이 이토록 실천하기 어려운 것으로 느껴질까? 기후 위기에 내몰린 지역의 사람들과 멸종하고 있는 동물들, 식물들의 이야기를 보고 들으면서도 삶을 바꾸지 못하는 이유는 뭘까? 왜 우리 삶이 얼마나 불필요한 것들로 완전히 뒤덮여 있는지조차 알지 못하게 되었을까?

얼마 전 TV에서 철창에 갇혀 음식물 쓰레기를 먹던 사육 곰들이 미국의 생크추어리sanctuary로 이동되는 모습을 보았다. 사육 곰들이 좁은 케이지에서 바람을 맞고 햇볕을 느끼고 있었다. 그 순간 진짜 철창에 갇힌 것은 곰을 가둔 우리 인간들 자신이라는 것을 깨달았다. 스스로를 굉장히 화려하고 거대한 감옥에 가두어 놓았다는 것을. 우리가 자연을 느끼는 방식을 전혀 알지 못한다는 것을. 우리는 지구의 온도에 반하여 에어컨과 난방기를 틀고, 햇볕을 받는 대신 온종일 형광등과 인공조명 아래에서 살며, 흙을 느끼며 걷지 않고 교통수단을 이용한다. 이 모든 도시의 생활 방식이 자연에 무지하게끔 스스로를 길들여 버렸기 때문일 것이다.

나는 이 책을 쓰는 과정에서 일회용 포장재에서 시작해 일회용 자연물을 만나게 되었다. 일회용이 되어 버린 세상. 이는 단지 물건을 사고팔 때만 일어나는 일이 아니었다. 나, 그리고 지금 내 옆에 있는 사람들, 노동자들을 일회용으로 다루는 기업, 기업의 이익과 단단히 결탁한 정부. 일회용은 세계에서 일어나는 총체적인 문제였다.

지구가 위기에 처하게 된 것은 우리가 너무 많이 가지고 있기 때문이다. 우리 것이 아닌 것들을 무분별하게 소비했기 때문이다. 지나치게 편리함을 추구한 탓이다.

이 책은 그 편리함에 브레이크를 거는 방법에 관한 이야기다. 편리함에 저당 잡힌 삶을 되돌리기 위해서 기꺼이 불편해지자는 이야기다. 덜 먹고 덜 쓰고 덜 갖자는 이야기, 그렇게 하면 인간의 삶과 지구의 환경이 균형을 찾고 제자리로 돌아와 줄 거라는 희망의 이야기다.

제로 웨이스트, 처음에는 불편하다. 하지만 그 불편함을 감수할 때 변화가 찾아올 것이다. 처음에는 당연히 힘들다. 뭐든지 해오던 것을 바꾼다는 건 분명 쉽지 않은 일이니까. 그런데 뭐든지 계속하다 보면 결국에는 익숙해지고 즐거워지고 나중에는 쉬워지고 만다.

나는 물질적으로 풍족했던 시기보다 부족하고 불편한 지금, 오히려 더 만족하고 행복감을 느낀다. 정작 물질적으로 풍족했을 때는 만족이 뭔지, 행복이 뭔지 알지 못했다. 풍요와 행복은 영영 함께할 수 없는 단어다. 풍족한 삶에는 행복을 느낄 틈이 없다. 물질적으로 불편함을 감수했을 때 비로소 정신적인 만족감과 행복감을 느낄 수 있었다. 제로 웨이스트는 내게 욕심을 버리고 세상을 바로 보는 눈을 얻게 해주었고, 만족과 행복이 뭔지 알려 주었다.

그 행복을 당신과 나누고 싶다.

차례

Part 1
거절하는 연습이 필요해

사물의 소재를 묻는다는 것은

굉장히 단순한 일이라고 생각합니다. 바로 우리의 기억, 우리가 공유하고 있는 느낌을 변화시키는 것이죠. 결국 우리 안에 있는 지구에 대한 사랑을 일깨우는 것이 될 것이고요, 그것은 헤엄치고 날아다니고 걸어 다니는 모든 생명에 대한 사랑의 느낌을 다시금 상기시키는 일이 될 것입니다.

크리스 조던, 『크리스 조던』 중에서

NO TOX LIFE
VEGAN
DISH
BLOCK

2018년 여름, 한국에 찾아온 크리스 조던 감독은 유난히 팔이 길었다. 단단한 팔의 근육과 유머러스해 보이는 인상이 어딘가 새를 연상시켰다. 그는 인간 세계에 갈라파고스의 메시지를 전하기 위해 날아온 새의 전령처럼 보였다.

「이 세계는 아직 끝나지 않았습니다. 후반전은 이제 시작이에요.」

그는 슬픔을 이겨 낸 자의 강인한 얼굴로 변화와 극복의 의지를 전해 주었다.

야생의 동물들이 평화롭게 공존하는 갈라파고스 제도의 무인도에서 인간의 흔적이 발견되었다. 새들이 죽은 자리에 사체가 부식되면서 플라스틱 조각들이 드러난 것이다. 날개 달린 새로 태어나 마음껏 하늘을 날아 보지 못하고 해변에서 맞게 된 억울

한 죽음을 토로하듯이, 고운 황색 모래사장에 남겨진 새들의 사체는 우리 인간의 삶이 이대로 괜찮은지 되묻고 있었다.

우리가 매일 사용하는 플라스틱 제품들이 바다로 흘러들어 어미 새의 부리에서 아기 새의 식도를 타고 들어가 부드럽고 연약한 위장을 찌른다. 내가 스스럼없이 사용한 생활용품들이, 지금도 집집마다 상점마다 그득한 플라스틱들이 새들에게는 치명적인 흉기가 된다.

내가 좀 더 편안하고자 너를 죽이는 일은 재고의 여지도 없이 일어나서는 안 되는 일이다. 그렇게 다큐멘터리 영화 「알바트로스」를 보고 난 이후 내 삶은 바뀌었다. 아기 새를 잃은 어미 새의 검은 눈동자를 클로즈업한 영화 포스터를 방 벽에 붙여 놓고, 인간을 바라보는 새의 시선을 잊지 않기로 했다.

플라스틱 사용을 줄이기로 한 이후 내 삶은 서서히 변화했다. 내가 사용하는 물건들이 무엇으로 만들어져 있는지 묻게 되었고, 그 질문은 단순히 소비의 양식을 넘어서 삶의 전반적인 태도를 바꿔 놓았다. 사물의 색깔이나 외양에 현혹되지 않고 내가 진짜 필요로 하는 것, 나를 만족시키는 게 무엇인지 알게 해주었다.

플라스틱 제품과 플라스틱으로 포장된 제품을 사지 않으려고 의식적으로 노력하면서부터 알게 된 것은 내가 엄청난 양의 플라스틱을 소비하고 있었다는 점이다. 마치 범죄자가 된 기분이 들었다. 정신을 차려 보면 손에 플라스틱이 쥐여 있고, 그럴 때마다 새의 죽음이 떠올랐다. 무의식적으로 플라스틱이라는 소재에 길들고 친숙해져 있었으니 멀어지는 데는 의식적인 노력이 필요했다.

처음 시작한 실천은 비닐봉지를 사용하지 않는 것이었다. 가방 안에 얇은 면 소재의 에코 백을 갖고 다니기 시작했다. 접어서 고무줄로 묶어 두면 부피도 무게도 별로 나가지 않아서 부담이 되지 않고, 불필요한 비닐봉지의 사용을 확실하게 줄일 수 있었다.

그걸 시작으로 사용하는 물건들을 하나하나 바꾸기 시작했다. 보디 클렌저, 샴푸와 린스 대신 천연 비누를 사용하고 오일을 바른다. 설거지할 때도, 목욕할 때도 플라스틱 수세미 대신 진짜 수세미를 사용하고 있다. 일회용 생리대 대신 면 생리대를 사용한다.

필기도구는 플라스틱 볼펜 대신 연필과 만년필을 쓴다. 플라스틱을 쥐고 글을 쓸 때와 나무로 된 연필대를 쥐고 글을 쓸 때 글씨체가 달라진다. 글을 쓰는 리듬도, 속도도 달라질 것이고 결국은 내용에도 영향을 미치게 될 거라고 생각한다. 이 글 또한 종이와 만년필의 도움을 얻었다. 예전 같으면 일의 능률과 속도를 위해서 노트북을 꺼냈겠지만, 어느새 여유로운 태도가 몸에 배어 종이에 배어드는 잉크라는 소재를 즐기게 되었다. 이 또한 플라스틱 줄이기 실천이 내게 가져다준 삶의 기쁨이다.

천연 제품을 사용하면 일단 몸이 편안하다. 비닐이나 플라스틱을 만졌을 때와 내 몸이 다르게 반응한다. 나를 아프게 하는 게, 편안하게 하는 게 무엇인지 묻게 될 것이다. 화려한 색상과 독특한 디자인을 선호하던 취향보다는 자연스러운 색상과 검소한 사물들의 의미에 다가간다.

「알바트로스」를 보러 갔던 그해 여름, 나는 꽤 그럴듯해 보이는 삶을 살고 있었다. 간절히 원하던 꿈을 이루어 하고 싶은 일을 직업으로 삼고 다양한 취미 활동과 문화생활을 누리면서 하루하루를 채워 나갔다. 하지만 만족이 뭔지 몰랐다. 나는 너무 많이 일하고 너무 많이 놀았다. 충분히 쉬고 자야 했지만 채우는 데만 관심이 쏠려 있었다.

소재에 대한 관심은 내가 지금 하고 있는 것에서 〈무얼 얻었는가〉보다는 그래서 〈내 몸과 마음이 편안한가〉를 묻게 했다. 만족이라는 말은 〈편안하고 즐겁다〉는 뜻이라는 걸 그제야 알았다.

사물의 소재를 묻는 일은 〈내가 어떻게 보이는가〉에서 〈내가 만족스러운가〉를 묻게 되는 일과 맞닿아 있었다. 플라스틱과 멀어지듯이 내가 늘 붙들고 있어야 했던 무언가와 헤어질 때가 되었음을 알게 해주었다. 나를 바라보는 나의 시선이 너무 차갑고 딱딱했다는 것, 이제 좀 더 너그럽고 편안하게 나를 바라봐도 된다는 것을 깨달았다.

내가 가보지 못한 곳에 사는 새들을 생각하는 일은 나를 바라보는 시선을 바꾸어 놓았다. 내 안을 좀 더 섬세하게 들여다보고 느끼는 일은 내 바깥을 바라보는 일과도 무관하지 않았다.

우리가 사는 세상은 무엇으로 이루어져 있으며, 그 세상을 무엇으로 이루어 나갈 것인가?

플라스틱 월드에서 만난 우리가 함께 고민하고 짊어져야 할 질문이다.

겸손하고 미안하게

작가 피터 워커가 말하길, 〈어떤 나라가 자전거를 그저 특이한 삶의 방식이나 취미, 스포츠, 직업 등으로 생각하지 않을 때가 되어서야 비로소 큰 변화가 일어난다. 자전거가 편리하고 빠르며 저렴하게 이동할 수 있는 유일한 방법이 될 때 변화가 생기는 것이다. 그 과정에서 의도치 않게 운동하게 된다는 점도 혜택이다〉.

스파이크 칼슨, 『동네 한 바퀴 생활 인문학』 중에서

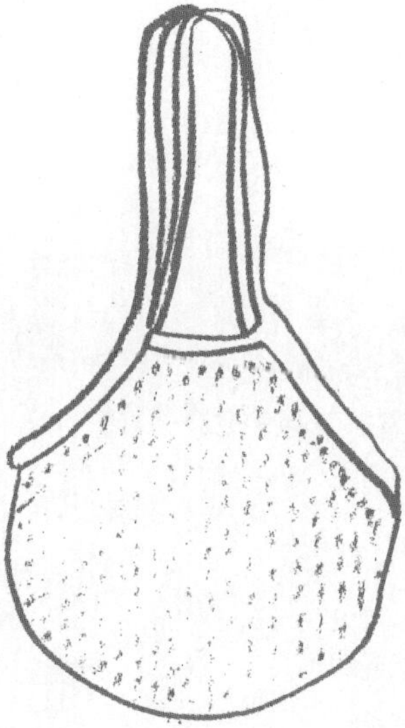

불광천에 자전거를 타러 가다가 〈햇빛상점〉을 만났다. 제로 웨이스트 가게가 들어선 것이다. 아이쇼핑을 즐기지 않는 나지만 가게 안의 물건들을 모두 구경했다. 그중 가장 눈에 띄는 것은 햇빛을 모아 전기 에너지로 변환하는 배터리였다. 여름이 되면 사용해 보고 싶었다. 면 생리대를 하나 사고, 준비해 간 용기에 베이킹 소다를 담아 왔다. 멀지 않은 곳에서 〈페이퍼넛츠〉라는 가게도 발견했다. 아몬드나 호두 같은 견과류를 용기 없이 팔거나 종이 상자에 담아 주는 곳이다.

동네 슈퍼에서는 청상추를 사 왔다. 직원분이 비닐봉지에 소분해서 담고 계시기에 가져간 재사용 비닐봉지를 내밀면서 여기에 담아 주시면 안 되는지 물었다. 조금 망설이시는 듯하더니 내 요청을 들어주셨다. 그렇게 청상추 2천 원어치를 무사히, 포장

없이 사 올 수 있었다.

딸기는 늘 플라스틱 포장이 되어 있어서 〈그럼 딸기를 먹지 않으면 그만〉이라고 마음을 먹었는데 근처 과일 가게에서 플라스틱 통에 담아만 놓고 랩을 씌우지는 않았기에 가져간 통에 옮겨 담아 와 딸기도 먹을 수 있었다.

빵은 포장된 것을 제외하고 진열된 것 중에서 종이에 담아 달라고 요청하거나 용기에 담아 온다. 처음에는 쑥스럽고 스트레스를 받았던 일들이 이제는 능숙하다.

일회용 휴지를 사용하는 대신 물로 씻는 게 귀찮아서 화장실에 가기 전 망설이는 일도 이제 없다. 일회용품 없는 삶에 제대로 착지한 기분이 든다.

우리는 물건의 가치를 쓰임이나 필요가 아닌 가격에 의해 판단하곤 한다. 만약 비닐봉지가 비싸다면, 플라스틱 포장재가 비싸다면 이토록 어마어마한 양을 사용하고 그토록 쉽게 버리지 않았을 것이다. 비닐봉지를 더 이상 들이지 않으면서, 그동안 받아 온 비닐봉지를 재사용하면서 느낀 것은 비닐봉지의 쓰임이 훌륭하다는 점이다. 무게가 가볍고 구기거나 접거나 말아서 부피를 작게 만들 수 있다는 점에서 비닐봉지는 유용하다. 문제는 그 비닐봉지가 일회용이라는 점이다. 비닐봉지를 한 번 쓰고 버리는 게 아니라 씻어서 계속 사용하도록 하면 어떨까? 이런 생각에서 나온 제품이 실리콘 봉지다. 햇빛상점에서 발견했는데 사지 않은 이유는 내게 이미 비닐봉지와 플라스틱 통이 충분하기 때문이었다. 불편하더라도 아직 쓸 만한 그것들을 계속 사용할 생각이다.

제로 웨이스트를 실천하면서 자주 사용하는 가방은 디자인이 예쁜 가죽 가방에서 재사용 비닐봉지와 에코 백, 종이 가방으로 바뀌었다. 가죽 가방을 사용하는 일은 1년에 한두 번 정도다. 제로 웨이스트를 실천하기 전에는 그게 얼마나 아름답고 세련되었는지, 내가 입고 있는 옷에 어울리는 색깔과 디자인인지가 그날 들고 나갈 가방을 선택하는 기준이었다.

지금은 필요하지 않으면 가방을 아예 들고 나가지 않는다. 갖고 다니는 물건보다 더 크고 무거운 가방을 굳이 들 필요가 없어진 것이다. 현관 앞에 재활용 상자를 두고 그 안에 다양한 크기의 비닐봉지를 씻어서 말린 후에 담아 두었다. 밖에 나가기 전에는 오른쪽 주머니에 에코 백 하나를 돌돌 말아 넣고 왼쪽 주머니에는 다양한 크기의 비닐봉지를 두세 개 넣어 둔다. 옷은 언제나 검은색 트레이닝복이어서 어울리는 가방을 고민할 필요도 없다. 비슷한 디자인의 옷 두 벌을 빨래할 시기가 되면 바꿔 입는 식이다. 그렇게 나는 패션 테러리스트가 되었지만 지금의 내 모습이 과거의 멋쟁이 시절보다 훨씬 더 아름답다고 느낀다.

제로 웨이스트는 단지 쓰레기를 줄이는 일이 아니라 삶을 통째로 되돌아보는 일이었다. 내가 보지 못하는 과정들에 대해 알게 되면서 내가 어떤 일들을 저지르고 있는지 깨닫게 되었다. 더불어 삶의 변화를 불러오고 사이클을 다시 만드는 과정이기도 했다. 결과적으로 내가 만난 것은 〈삶의 전환〉이다.

전에는 무엇을 버리는 일에 수고가 들지 않았다. 쓰레기봉투에 담아 버리면 그만이었으니까. 이제 나는 버리는 일에 대해서 오래 생각하고 그걸 실천하는 데 충분한 시간을 들인다. 만약 아몬드를 비닐 포장 없이 살 수 있는 가게가 있다면 기꺼이 다리품을 팔거나 자전거를 타고 한 시간 정도 가기도 한다. 그 대신 이전에 나를 즐겁게 했던, 그러나 이제는 불필요해진 일들을 하느라 더 이상 시간을 소모하지 않는다. 옷을 구경하고 고르고 사느라 시간을 보내는 일이 이제는 없다. 체질식을 알게 된 이후에는 뭘 먹을지 고민할 필요도 없어졌다. 맛있는 음식이라도 내 것이 아니라는 것을 알고 지나간다. 아무리 예쁜 옷도, 가방도 더는 필요 없으므로 내 것이 아니라는 것을 알고 지나간다. 가전제품이 계속 업그레이드되어 나를 유혹해도 빗자루를 사용하는 게 지구에 더 이롭다는 것을 알기 때문에 그냥 지나간다. 자동차를 사고 유지하는 데 비용을 들일 여력과 의지가 없기도 하지만 킥보드와 자전거를 타고 틈틈이 크루저 보드를 연습한다.

가격이 아닌 존재의 가치를 깨달으며 산다. 도시에서 태어나 도시에서 자라고 도시에서 어른이 된 나는 처음에 자연을 보고 감탄하는 것을 배우는 데도 오랜 시간이 걸렸다. 자연을 보고 아름답다고 느낀 것, 편안하다고 느낀 것은 비교적 최근의 일이다. 자연물을 공산품과 같은 기준으로 생산하고 유통하고 소비하는 사회에서 성장한 도시인답게, 흠집이 없이 말끔하고 모양이 예쁘고 크기가 똑같은 것들을 사는 것이 자연스러웠다.

그렇게 공산품을 고르듯 자연을 골랐던 것처럼 공산품을 대하듯 나 자신을 대했다. 나는 몸에 난 털을 매끄럽게 밀어야 외출할 수 있었고, 나이가 들면 흰머리가 생기는 게 당연한데 가위로 잘라 보이지 않게 했고, 다른 사람들과 비슷하게 옷을 입고 안도했다. 제로 웨이스트는 나 자신을 자연스럽게 받아들여도 된다고 말한다. 동물과 식물의 외양과 성질이 각각이듯 사람도 다양하다. 나도 이상할 것이 없고 너도 이상할 것이 없다. 만약 우리 모두가 공산품과 같은 형태를 하고 있다면 오히려 무언가 잘못된 것이다.

동물들을 공장에서 찍어 내는 상품으로 다루고 있는 끔찍한 축산업은 당장 멈춰야 한다. 식물들의 유전자를 조작하고 종자를 독식하려는 어리석은 짓을 당장 멈춰야 한다. 광물들을 마음대로 퍼 올리고 개인의 부와 권력으로 삼는 일을 당장 멈춰야 한다. 그들이 인간을 위한 수단이 아님을 깨달아야 한다.

생명을 대하는 태도부터 다시 시작해야 한다. 바보같이 들릴지 모르지만 나는 처음에 화분의 흙을 갈아 주어야 한다는 것을 몰랐다. 식물이 흙에서 영양분을 받아 생명을 키워 나간다는 단순한 사실을 알지 못하고 〈식물은 어떻게 물만 먹고도 살 수 있을까〉라고 생각했다. 화분의 가려진 부분에 대해 알 수 있게 된 건 키우던 식물들이 아플 때 흙을 갈아 주는 경험을 통해서였다. 선물로 받은 야생초가 말라 죽는 것을 보면서 산이나 들에서 나고 자란 식물은 인공적인 환경에 맞지 않는다는 것, 자연에 그대로 두어야 하는 식물도 있다는 것을 배웠다.

나는 이 모든 도시의 비극이 자연에 대한 무지에서 비롯되었다고 생각한다. 우리는 자연과 더불어 살아가는 방법을 모른다. 그것을 배우지 못했기 때문이다. 처음에 등산을 할 때 〈어떻게 하면 체력을 단련할 수 있을까〉 하는 마음으로 산에 올랐다. 그러면서 차차 산에 사는 동물들을 보게 되었고, 그들이 놀라지 않게 조심해야 한다는 것을 배웠다. 산에 사는 식물들이 바람결에 내는 소리를 들으며 편안함을 느끼게 되면서, 산을 다닐 때는 산에서 나는 소리보다 더 큰 소리를 내지 않게 되었다. 식물들과 함께 살면서 저마다 생명을 유지하기 위한 조건이 다르다는 것을 배웠고, 고양이와 함께 살면서 내가 신나서 움직일 때 고양이가 두려워한다는 것을 배웠다.

자본주의 사회에서 가격은 상품을 대하는 태도를 결정짓는다. 그것의 진짜 가치와 필요성은 가격을 통해서 전혀 알 수 없다. 공짜라고 해서 필요가 없거나 비싸다고 해서 가치가 높은 것도 아니다. 없어서 필요하다면 들이고, 이미 가지고 있거나 분에 넘치는 것이면 내놓는다. 그렇게 해서 비로소 적절해진다.

어릴 때 읽은 「원숭이 꽃신」이라는 동화가 있다. 맨발로도 잘 다니던 원숭이에게 누군가 폭신한 꽃신을 공짜로 선물한다. 그리고 시간이 지나 원숭이가 꽃신에 익숙해져 맨발로 다닐 수 없게 되자 꽃신을 비싼 가격에 판다. 원숭이는 울며 겨자 먹기로 비싼 가격에 꽃신을 사서 신는 신세가 되고 만다. 물론 근육과 굳은살이 사라진 말랑한 발바닥으로 인하여 처음에는 맨발로 걸을 수 없다고 느낄 것이다. 그러나 차차 맨발에 익숙해지고 다시 적절한 근육과 피부를 갖게 될 것이다.

이게 자신의 이야기라고 느껴진다면 꽃신을 벗으면 된다. 사는 것을 중단하고 버리는 것에 시간을 들이면 된다. 불필요한 편리함이 사라지는 대신 당신은 자연을 만나게 될 것이다. 자기 자신을 자연스럽게 받아들일 수 있게 되고, 세상이 얼마나 다양하고 오묘한 곳인지를, 내가 얼마나 모르고 있었는지를 알게 될 것이다. 과하고 편리한 삶을 벗어 버리고, 겸손하고 미안한 삶을 비로소 시작할 수 있을 것이다.

내가 처음 만든 고기

요한이 운영하는 레스토랑의 메뉴는 양식 위주였다. 스테이크와 파스타가 주를 이뤘다. 햄버그스테이크가 있긴 했지만 어린 손님들을 위한 서비스일 뿐이지 내세우는 메뉴는 아니었다. 다진 고기 요리는 주메뉴로 내놓지 않는다는 걸 알고 있기에 미래는 의아한 표정으로 요한을 볼 수밖에 없었다. 요한이 조리대에 두 팔을 걸쳤다. 묻지도 따지지도 말고 일단 먹어 보라는 듯 눈짓으로 요리를 가리켰다.
미트볼은 칼로 썰어야 할 만큼 단단했다. 미래는 양손을 써서 한입 크기로 잘라 입에 넣었다. 언제나 그랬듯 요한의 음식은 맛있었다. 미래의 얼굴을 본 요한이 웃었다.
「그거 콩으로 만든 고기야. 말 안 해주면 모르겠지?」

천선란, 『나인』 중에서

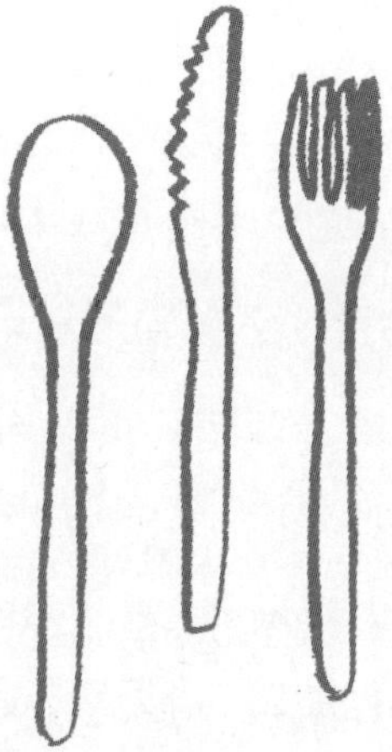

콩고기를 처음 맛본 건 초등학교 시절 엄마가 차려 준 밥상에서였다. 겉모습은 고기를 닮았지만 씹었을 때는 고기처럼 질기지 않고 쫄깃한 식감의 콩고기. 요즘 시판되는 콩고기의 식감은 그때와는 달라졌을 테지만 아직 만나 보지 못했다. 얼마 전 들른 식당에서 베저테리언 메뉴로 콩고기 햄버거를 팔고 있었지만 가격이 비싸서 다른 메뉴를 시켰다.

그 대신 집에서 콩고기를 만들었다. 검은콩을 여섯 시간 정도 물에 불려 껍질을 벗겨 내고 믹서에 간 다음 소금을 넣고 끓였다. 건더기를 걸러 낸 두유에 꿀을 타서 마시고, 콩 찌꺼기로 마요네즈를 만들고, 연두부를 만들고, 비지로 비빔밥을 해 먹었다. 비지에 채소를 버무려 전도 부쳐 보았다. 그게 내가 처음 만든 콩고기였다. 대성공이었다. 맛은 명절마다 먹던 동그랑땡이랑 비슷한

데 채소 향이 더 강하게 느껴졌다.

2021년 겨울, 소설 속에서 콩고기를 만났다. TV에서는 계속 고기만 보여 주는데, 콩고기 미트볼이 등장해서 반가웠다. 이 소설을 통해서 종자가 무엇인지 배웠다. 그건 단순히 품종의 종류가 아니라 〈생명의 종자〉, 〈생명의 씨앗〉, 〈탄생의 핵〉이라고, 소설가는 거듭 강조하고 있었다.

그즈음 종자를 독식해서 세계 식량 생산을 통제하려고 하는 어리석은 기업의 이야기를 들었다. 비윤리적이고 폭력적인 공장식 축산 과정을 거쳐 식탁에 도착한다는 육류를 피해 채식 위주의 식단을 유지하는 데 가까스로 성공해 안도의 한숨을 내쉬려던 찰나였다. 뒤통수를 맞은 격이었다. 미국의 농부들이 거대 기업 몬산토의 볼모 신세라는 것을 알고 나서 콩고기를 만든 기쁨과 안도감도 일시에 사그라들었다. 생각해 보면 동물권이 심각하게 침해당했는데 식물권이라고 안전지대일 리 없었다. 닭과 돼지뿐만 아니라 옥수수에게, 토마토에게 인간은 비윤리적인 폭력을 행사하고 있었다.

식물들이 씨앗을 만들어 낼 수 없도록 개조당하고, 농부들은 그 씨앗이 아니면 재배할 수 없도록 기업에 예속된다. 기업은 자기 회사의 화학 제품을 사용해야만 기를 수 있는 작물의 종자를 번식시키고, 정부는 그 종자를 재배해야만 농업을 지원해 준다.

정부가 돼지 공장의 실태를 그대로 둔 채 그저 많은 돼지를 도축한 공장을 지원하는 것과 다를 바 없는 상황이다.

이것이 비단 동물과 식물의 문제이기만 할까? 인간이 동물을 대하는 방식, 식물을 대하는 방식은 그대로 다른 생명을 대하는 방식이 된다. 다른 인간을 대하는 방식이기도 하다. 학교에서 학업 성취도만으로 학생들의 우열을 가리는 일이 이와 다르지 않다. 인권과 노동권을 무시한 채 생산량을 늘리는 일이 이와 다르지 않다.

이 이해할 수 없는 비극의 시작에는 전쟁이 있었다. 몬산토는 원래 고엽제를 만들던 화학 기업이었다. 베트남 전쟁 때 미국은 밀림에 고엽제를 뿌려 게릴라전을 펼치던 적군을 박멸하고자 했다. 이때 군인들이 몬산토에서 뿌린 살포제가 담긴 깡통에 물을 받아 세수하거나 식사를 했던 것처럼, 지금 우리는 그 화학 제품으로 자라난 곡물들을 〈유전자 변형 농산물(GMO)〉이라는 이름으로 먹는다.

적군의 씨를 말리는 것과 농작물을 천적으로부터 보호하는 것. 공생하는 방법을 찾기보다 나쁜 것을 모조리 없앤다는 폭력적인 발상. 몬산토는 자기 기업의 화학 제품을 판매하기 위해서 그 화학 제품에 맞도록 곡물의 유전자를 아예 바꾸어 놓았다. 미국에서 가장 많이 경작한다는 작물, 라운드업 레디Roundup Ready.

라운드업은 몬산토가 환경친화적이고 무해하다고 선전하며 출시한 제초제다. 1996년 몬산토는 라운드업에 내성을 지닌 라운드업 레디라는 유전자 변형 작물을 내놓았다. 농부들은 몬산토에서 라운드업 레디 씨앗을 구매할 때 세트인 제초제를 함께 구입해야 한다. 농작물이 먼저 있고 그에 알맞은 제품을 개발한 것이 아니라, 화학 제품이 먼저 있고 이 제품에 맞도록 품종을 변형시킨 것이다. 라운드업은 잡초뿐만 아니라 벌레도 죽인다. 벌레들을 죽일 만큼 강력한 제초제에도 살아남는 농작물을, 실험동물들이 먹고 암에 걸린 제초제에도 끄떡없는 농작물을 사람이 먹고 안전할 리 있을까?

그런데도 유전자 변형 작물을 재배할 수밖에 없도록 정부와 기업이 결탁하여 지원금 제도를 운영함으로써 품종을 단일화시킨다. 이런 작물은 종자가 생기지 않기 때문에 한 번 수확이 끝나면 농부들은 몬산토로부터 씨앗을, 더불어 세트 상품으로 화학 제품을 다시 구매하게 된다. 이 과정에서 기업이 고용한 탐정들이 농장을 감시하고 농부들이 서로를 감시하도록 환경을 조성하여 작물에 대한 소유권을 폭력적으로 유지한다.

미국에서 재배되는 대두의 90퍼센트, 목화의 75퍼센트, 옥수수의 80퍼센트 이상이 유전자 변형 작물이다. 더 놀라운 사실은 이 작물들이 몬산토라는 기업의 사적인 소유의 대상이라는 점이다. 식물이 인간의 특허 대상이 될 수 있다니! 소유가 될 수 있다니!

일찍이 미생물에 대한 특허가 먼저 있었고 그다음으로 식물, 동물, 그 이후 인간의 태아도 특허권의 대상이 되었다고 한다. 현재 워싱턴의 특허청에서 발행하는 특허의 20퍼센트가 생명체라고 하니, 대체 인간의 상상력은 여기서 얼마나 더 피폐해질 수 있을까?

먹거리 오염에 대해 알게 되면서 나는 오염된 음식을 내려놓기 시작했다. 그렇게 좋아하는 음식들을 하나씩 내려놓고 다른 음식으로 대체해 나가다가, 그 음식 역시 내가 내려놓은 음식들과 마찬가지로 문제가 있다는 걸 알았다.

유전자 변형 옥수수는 바람을 타고 날아가 다른 밭의 옥수수들에 형질을 전달한다. 그러면 기업은 그 밭의 농부에게 특허권을 가진 작물의 재배 비용을 요구한다. 유전자 변형 작물은 곤충에 의해 옮겨져서 근처의 자연 생태계를 변질시킨다. 인간이 사육하는 동물들뿐만 아니라 자연에서 살아가는 야생 동물들까지 위험한 상황에 놓여 있다. 돼지도 아프고 옥수수도 아프고 두루미도 아프다. 그런데 어떻게 사람이 아프지 않을 수 있을까?

우리가 먹는 값싼 채소의 비밀은 이주 노동자들이었다. 채소를 기르는 비닐하우스와 가까운 곳에 이주 노동자들이 사는 비닐하우스가 있다. 그 비닐하우스는 창문이 없어서 낮에도 해가

들지 않는다. 환기가 되지 않는 곳에서 조리가 이루어지는 위험한 상황인데도 노동자들의 숙소를 농장 가까이에 둔 이유는 일을 더 효율적으로 하기 위해서다. 월세 30만 원을 주면 지근거리에 풀 옵션 오피스텔을 구할 수 있는데, 이들은 농장주에게 비슷한 금액을 지불하며 집이 아닌 곳에 살고 있다.

기사를 읽고 떠오른 것은 닭과 돼지 들이 살고 있는 공장이었다. 창문을 내지 않고 외부 기후에 상관없이 오로지 성장과 번식만을 위한 환경을 만든 닭 공장, 돼지 공장. 건강과 안전을 위협받으며 비닐하우스에 거주하고 있는 이주 노동자들과 유전자 변형 작물을 생산하기 위해 뿌린 살충제로 죽어 가는 아르헨티나 사람들의 이야기가 한가지로 들렸다.

돌이켜 보면 어린 시절 식탁은 소박했다. 간장에 조린 콩, 고추장에 무친 오징어채, 구워서 소금을 뿌린 김, 감자뭇국……. 그런데 어느 날부터 식탁 위에 고기가 올라온다. 제육볶음 정도는 기본적으로 식탁에 올라와야 밥을 맛있게 먹을 수 있다. 일주일에 한 번 삼겹살을 먹지 않으면 허기가 진다고 느낀다. 마트에 가면 플라스틱 상자에 그득히 담긴 채소들이 넘쳐 난다. 모두 똑같은 모양과 크기로 자라도록 유전자를 변형하고, 자라기도 전에 비닐을 씌워 버린다. 과일들에 스티커를 붙이고 푹신한 포장재로 둘러싼 다음 플라스틱 통에 담는다. 그것들은 생명이 아니라 상품이다.

이것이 단지 먹거리만의 일일까? 한때 내가 몸에 가했던 압박들이 이와 다르지 않다. 다른 사람들과 같은 옷을 입고 같은 헤어스타일을 하고 같은 화장을 하면서 안도했던 시절이 떠오른다. 이제는 겨우 그 시절에서 벗어났지만, 최근에 나는 화장과 브래지어를 하지 않는다는 이유로 출근 일자까지 확정된 일터를 포기해야 했다.

값싼 채소의 뒤편에 최소한의 권리를 보장받지 못하는 이주 노동자들이 있듯이, 매일 우리가 무제한으로 누리는 인터넷의 뒤편에는 지구를 뒤덮은 우주 쓰레기들이 있다. 생명을 경시하는 태도를 넘어서 생명을 마음대로 조작한다는 위험한 발상, 그렇게 조작한 생명은 내 소유라는 끔찍한 발상은 결국 죽음을 불러온다. 땅은 척박해지고 생물 다양성은 사라지고 마을 공동체는 파괴되고 사람들은 죽는다.

나의 반려 고양이 먼지가 가장 좋아하는 이빨 과자의 포장 용기에는 다음과 같은 문구가 새겨져 있다. 〈이 식품은 유전자 변형 작물을 포함하고 있을 가능성이 있습니다.〉

플라스틱과 일회용품을 재사용하고 냉장고와 세탁기가 없으며 텀블러와 손수건을 세척해서 말려 놓은 우리 집에도, 포장된 물건을 사지 않고 인터넷은 공공장소에서만 사용하며 단순하고 소박한 삶을 모토로 하는 내 손에도 유전자 변형 작물은 항상 들려 있었다. 처음 제로 웨이스트를 실천하기 시작했을 때와 같은 기분이 든다. 내 손에 들려 있던 플라스틱 컵이 흉기라도 되는 양 끔찍했었다. 그때는 플라스틱 컵만 내려놓으면 될 줄 알았는데 다음에는 삶의 양식을 전부 바꿔야 한다는 것을 알았고, 그다음에는 나 혼자서 벗어나는 것, 피해 가는 것이 불가능하다는 것을 알았다.

내일은 콩전을 부칠 생각이다. 콩을 반나절 동안 물에 담갔다가 갈아서 두유도 만들고 비지로 비빔밥도 만들 거다. 그걸 먹고 안전한 먹거리로 건강한 삶을 이어 갈 수 있게 된 데 안도하기보다는 콩을 위해서, 내게 생명을 이어 준 생물들을 위해서 할 수 있는 일을 찾아보겠다.

오늘 저녁에 뭐 먹을까?

「오늘 밤에 우리에게 뭐 줄 거 없어요?」 여자들 중의 하나가 나지막한 웃음소리를 내며 물었다. 그러면서 그 여자는 백작이 땅바닥에 던져 놓았던 자루를 가리켰다. 그 안에는 뭔가 산 것이 들어 있는 듯 꿈틀꿈틀 움직였다. 대답 대신에 백작이 머리를 끄덕였다. 여자들 중의 하나가 앞으로 껑충 뛰어가 자루를 열었다. 내 귀가 잘못된 것이 아니라면, 거기서 들리는 소리는 숨이 막혀 고통스러워하는 아이의 헐떡거리는 소리와 가녀린 흐느낌이었다. 여자들이 거기를 에워쌌다. 나는 두려움에 숨이 멎는 듯했다. 정신을 가다듬고 바라보니, 여자들이 그 무시무시한 자루를 들고 어디론지 사라졌다.

브램 스토커, 『드라큘라』 중에서

조너선 하커가 드라큘라의 성에서 자신을 유혹하던 여자들이 실은 인간 아이를 먹는다는 것을, 그들이 흡혈귀임을 알게 되는 장면이다. 좀 전까지 자신이 욕망했던 누군가가 자신을 먹을 수도 있다는 공포. 이 장면을 읽으면서 나는 흡혈귀를 두려워하는 하커가 아니라 아이를 먹는 흡혈귀를 나 자신과 동일시했다. 내가 먹고 있는 게 뭐지? 내가 버린 게 뭐지?

어느 날인가부터 내가 먹는 것이 옳지 못하고, 내가 버리는 것이 잘못되어 있다고 느끼게 되었다. 그러자 받아들이고 내보내는 모든 과정이 고민거리가 되었다. 제대로 먹고 내보내려면 공부가 많이 필요했다. 하루를 몽땅 〈이걸 해도 되나? 저걸 해서는 안 되나?〉에 쏟아부어도 알아야 할 것은 계속 쏟아져 나왔다. 그러다 어느 날 사실은 〈이것〉과 〈저것〉의 문제가 아니라는 것을 깨달았다. 일회용 플라스틱은 새들의 목숨을 빼앗아 간다. 그러나 침상에 누워 있는 환자에게 빨대는 꼭 필요한 도구가 될 수 있다.

문제는 적절한 정도와 태도 같은 것들이다. 나는 이제 고기를 꼭 먹지 않아도 힘이 떨어져서 쓰러지는 일 같은 건 일어나지 않는다는 것을 안다. 그렇다고 해서 무조건 채식만 하게 된 것은 아니다. 되도록 시장에서 식자재를 사려고 노력하지만 일정상 마트를 이용하기도 한다. 마트에서 채소를 사려면 거의 같은 분량의 비닐을 구입해야 한다. 몇몇은 포장되지 않은 것들이 있다. 오이와 단호박, 당근, 연근, 감자, 고구마는 단단해서 훼손되는 일이 적어서인지 포장이 되어 있지 않다. 가지고 간 재사용 비닐봉지에 담아 구입한다. 다른 채소들은 시장에서 사면 비닐봉지 사용을 줄일 수 있으니 굳이 사지 않는다.

아보카도는 포장되지 않은 상태로 팔아서 죄책감 없이 구입할 수 있지만 아보카도 경작으로 인한 환경 파괴가 심각한 수준이라는 이야기를 들었으니 굳이 사지 않는다. 두부는 채식주의자들의 단골 메뉴지만 시판되는 제품을 사는 일은 거의 없다. 콩을 불렸다가 갈아서 직접 만들어 먹는 경우가 많고, 사야 한다면 손두부를 만들어 파는 가게에 반찬 통을 가져가서 담아 온다. 그런데 비닐에 싸인 천 원짜리 소시지는 간식으로 사 먹는다. 가끔 추억에 잠기고 싶을 때면 그렇게 한다.

제로 웨이스트를 실천하는 과정에서 내가 얻게 된 것들이 있다. 주변 사람에 대한 존중과 예의, 그리고 나 자신에 대한 이해다. 새들을 위해서 플라스틱을 절대로 쓰지 않겠다던 철칙주의자가 차차 누군가에게는 플라스틱 컵이 필요할 수도 있다는 것을 존중하는 태도를 갖추게 되고, 그다음에는 나 자신에게 비닐에 싸여 있어도, 공정 과정에 문제가 있어도 어쩌다 소시지 하나 정도는 허락해 줄 수 있게 된 것이다. 나 자신이 〈자루 속에 든 아이를 먹는 흡혈귀〉 같다고 느꼈던 죄책감이 사라졌고, 즐거운 마음으로 먹고 감사한 마음으로 그 에너지를 적절한 곳으로 돌려주면 된다는 단순한 진리를 깨닫게 되었다.

유전자 변형 작물에 대해서 알게 된 이후에 〈역시 우리 땅에서 자란 것이 제일인가〉 하는 자부심을 느끼려던 찰나, 우리 땅에서 자란 농작물도 수입산이고 개량된 단일 작물이라는 사실을 알게 되었다. 〈유기농 매장으로 도망치는 게 역시 가장 안전한가〉 싶을 때는 유기농 역시 땅을 덜 해치는 작법일 뿐이라는 이야기를 들었다. 개량종 씨앗이 일회용 씨앗이어서, 일회용품과 마찬가지로 사용해서는 안 된다는 거였다.

이영문 농부는 무경운, 무비료, 무농약의 태평 농법을 창시한 분이다. 그의 책 『사람이 주인이라고 누가 그래요?』를 읽으며 〈벼멸구도 존재 이유가 있다〉는 이야기에 절로 고개가 끄덕여졌다. 이영문 농부는 인간이 농약을 써서 죽여야 하는 해충이 없다고 말한다. 해충은 그의 천적이 없앨 것이다. 인간이 농약을 사용하면서 해충과 함께 천적도 없어졌기 때문에 벼가 건강하게 자라지 못하게 되었다. 그리하여 이영문 농부는 흙을 살리는 태평농법을 창안하게 된 것이다.

일회용품을 사용하지 않으려고 하나둘씩 삶을 바꾸어 나가면서 지구상에 남은 천국처럼 떠올린 것이 농사짓는 땅이었다. 그런데 그 땅에 뿌려지는 씨앗과 그 씨앗을 자라게 하는 비료, 제초제가 땅을 망치고 있다고 했다. 모든 것은 연결되어 있다는 이야기를 자주 듣지만 그야말로 실감하지 않을 수 없었다. 우리가 먹는 곡물과 채소의 씨앗까지도 일회용이었다니! 도시의 일회용품 문제는 농촌의 일회용 씨앗 문제이기도 한 것이다.

나는 이건 되고 저건 안 된다는 식으로 시시비비를 가리기보다는 매 순간 삶 속에서 욕심을 줄이기로 했다. 환경에 대해서 공부할 것은 많지만 실천 방법은 어렵지 않다. 필요하지 않은 것을 하지 않는 것이다. 필요하지 않은 것을 사는 일을 멈추자. 필요하지 않은 것을 먹는 일을 멈추자. 필요하지 않은 것을 모으는 일을 멈추자. 필요하지 않은 공간을 차지하는 일을 멈추자.

우리의 일상을 되돌아보게 한 팬데믹을 떠올리지 않을 수 없다. 바이러스가 전파된 원인을 돌아보고 새 삶을 기획하지 못한 채 다시 이전의 일상으로 되돌아가고 싶어 하는 나 자신의 모습이 떠오른다. 거리에는 선거를 앞두고 개발 계획을 공약으로 내세우는 후보들의 현수막이 서로 경쟁하며 자랑스럽게 내걸려 있다. 개발을 하면서 동시에 환경을 살릴 수는 없다. 인간의 개입을 최소한으로 줄이는 것이, 자연을 그대로 두는 것이 인간으로서 할 일이라는 것을 우리는 아직 깨닫지 못하고 있다.

이영문 농부의 책 『모든 것은 흙 속에 있다』에 나를 멈칫하게 한 구절이 있다. 이영문 농부는 좌판에서 사과를 살 때 크고 반질거리는 예쁜 사과와 작고 볼품없고 벌레 먹은 사과가 있다면 단연 후자를 선택하는 것이 좋은 사과를 고르는 방법이라고 소개한다. 사과가 자연적으로 상처 없이 예쁘게 자랄 수 없다는 것이다. 맞는 말이다. 책을 읽을 때는 분명 고개를 끄덕이게 하는 말이었다.

그런데 책을 덮고 나서 실제로 사과를 고를 때도 그 말을 삶에 적용할 수 있을까? 에코 백에 사과를 옮겨 담을 때 작고 볼품없고 벌레 먹은 사과를 골라 담게 될까? 아니었다. 내 손은 나도 모르게 상처 없는 예쁜 사과 쪽으로 움직였다. 아차 싶었다. 아마 이렇게 글을 쓰면서 되새기지 않았다면 전에 그랬던 것처럼 계속해서 예쁘고 흠 없이 말끔한 사과를 골랐을 것이다.

그 이유가 뭘까? 스스로에게 되묻자 또다시 아차 싶었다. 그건 내가 평소에 공산품을 고르는 방식이었다. 모두 똑같은 모양의 상품들 중에서 가능하면 제일 깨끗하고 예뻐 보이는 것을 골라 왔다. 사물을 고를 때의 방식을 그대로 과일이나 곡식, 채소를 고를 때도 적용한 것이다. 그러고 보면 이렇게 책을 읽으며 삶의 전반적인 방식을 되돌아보기 전, 아주 어렸을 때도 〈벌레 먹은 복숭아가 가장 달다〉는 이야기를 들었던 기억이 난다.

이영문 농부가 비판한 현대인의 식습관이 있다. 바로 우리 몸에 어떤 영양소가 부족하다고 느껴서 그 영양소가 포함된 음식을 먹는 것이다. 어떤 음식을 먹고 몸이 그 음식에 반응한 결과 생성되는 것은 사람마다 다르다. 저마다 몸의 성질이 다르니 똑같은 음식을 먹고도 다르게 반응한다. 자기 몸에 맞는 음식을 적당량 먹는 것이 건강한 식습관이다. 어떤 사람에게는 필요한 음식이 나에게는 삼가야 할 음식일 수 있다.

나는 이제 〈무엇은 먹고 무엇은 먹지 말아야지〉 하는 식의 식습관을 삼가고 내 몸에 맞는 음식을 찾아가고 있다. 그리고 몸에 좋은 음식을 구해 먹기보다는 이 땅에서 나는 제철 음식을 먹되 욕심부리지 않고 적당히 먹으려고 한다. 〈무엇을 먹는가〉보다는 〈적당히 먹는가, 더 먹으려 들지 않나, 먹을 생각만 하고 있지는 않은가〉를 되돌아볼 작정이다.

우스운 이야기를 덧붙이자면 그럼에도 이 글을 쓰면서 중간중간 쉬는 시간마다 드는 생각은 〈저녁에 뭐 먹을까〉라는 거다. 요즘 내 밥상은 소박하다. 아침에는 견과와 고구마, 커피를 먹었고, 점심에는 잡곡밥에 느타리버섯조림을 비벼 먹었다. 저녁에는 메밀가루로 면을 만들어서 국수를 해 먹을 것이다. 식탁은 소박해졌는데 마음은 아직도 식탐을 부리나 보다. 배가 부르도록 먹고 또 뭘 먹을지 생각하는 버릇은 아직 고치지 못했다.

머지않아 먹을 것에 연연하지 않는 날이 올 거라고 믿는다. 뭘 먹을지 생각하는 시간이 차차 줄어드는 대신 다른 아름다운 생각을 하는 날들이 올 거다. 그때는 상처 없이 반질반질한 사과를 보면 의아하다고 여길 것이다. 벌레 먹은 사과가 건강하게 잘 자란 사과라는 걸 단번에 알아볼 수 있을 거다.

채식주의 리얼리티

우리는 양계장 문을 열고 안으로 들어갔다. 그곳은 반쯤 썩은 만화책들로 잔뜩 어질러져 있었다. 그것들은 마치 나무 밑에 떨어진 과일처럼 보였다. 구석에는 낡은 매트리스가 있었고, 그 옆에는 네 개의 1쿼트짜리 유리병들이 있었다. 내 친구는 한 방울도 흘리지 않고 그 병들을 쿨 에이드로 가득 채운 다음, 뚜껑을 꼭 닫았다. 이제 하루분씩의 마실 것이 준비된 것이다.

쿨 에이드 한 봉지로는 2쿼트 분량의 드링크를 만들게 되어 있었다. 그러나 내 친구는 1갤런(4쿼트)을 만들었기 때문에, 그의 쿨 에이드는 언제나 묽었다. 그리고 쿨 에이드 드링크를 만들 때에는 한 봉지당 설탕 한 컵씩을 넣게 되어 있었다. 그러나 설탕이 없는 내 친구는 한 번도 설탕을 넣어 보지 못했다.

그 애는 자신만의 쿨 에이드 리얼리티를 만들어 냈으며, 그걸로 스스로 만족할 줄 알았다.

리처드 브라우티건, 「쿨 에이드 중독자」 중에서

35% LESS SUGAR THAN LEADING REGULAR SODAS
CHERRY LIMEADE
Kool-Aid
MAKES 8 QUARTS

리처드 브라우티건의 『미국의 송어 낚시』는 가장 이상적이라고 생각하는 생태 소설이다. 생태라는 명확한 주제 의식을 가지고 있는데 형식적인 면에서도 포기한 지점이 보이지 않는다. 환경을 주제로 소설을 쓸 때면 형식적 완성도는 살짝 내려놓는 게 좋겠다고 양보하게 되는데, 이 작품을 생각하면 다만 단계의 문제일지 모른다는 생각이 든다.

그중 「쿨 에이드 중독자」는 내가 애착을 느끼는 엽편 소설이다. 내용은 간단하다. 가난한 독일계 미국인인 한 아이가 돈이 부족해서 설탕 없이 묽은 쿨 에이드를 만들어 먹는다. 아이의 엄마가 잠깐 등장해서 설거지를 하라고 독촉하고 사라진다. 쿨 에이드 분말을 파는 상점의 대머리 주인도 잠깐 등장한다. 돈이 부족한 친구는 쿨 에이드 분말 한 봉지로 정량보다 물을 두 배나 많이 넣은 드링크를 만든다.

어른들의 세계는 그들의 관심 밖에 있다. 아이들은 어른에게 돈을 내고 자기가 할 수 있는 만큼의 거래를 한다. 부모에 대한 감상에 빠지지 않으며, 잔소리에는 곧 설거지를 하겠다고 건성으로 대답한다. 그러면 부모는 사라진다. 아이는 옷을 갈아입는 것이 귀찮아서 외출복을 입고 잔다. 하루치의 포도 맛 쿨 에이드를 만들어 마셨다면 그것으로 족하다.

아이가 만든 설탕 없이 묽은 쿨 에이드는 언젠가부터 대표적인 외식 메뉴로 부상한 치킨과 삼겹살을 떠올리게 한다. 치킨을, 제육볶음을, 불고기를 1만 원 내외의 저렴한 가격에 먹을 수 있게 된 것은 가난한 아이가 만든 쿨 에이드처럼 무언가 빠져 있어서다. 그건 생명에 대한 기본적인 예의다.

나는 고기 마니아였다가 술과 담배를 끊는 것만큼이나 어렵게 고기를 끊었다. 내 체질에는 고기가 맞는다는 이야기도 들었다. 그럼에도 웬만하면 채식 식단을 유지한다. 그러면서 육식을 하는 사람들과 어울릴 때는 그냥 고기를 먹기도 한다. 이게 지금 나의 채식주의 리얼리티다. 지금은 이렇게 뒤섞여 있는 상황에 만족한다.

한번은 마라탕에 꽂혀서 사흘 내내 마라탕을 먹다가 탈이 났다. 입맛에는 딱 맞았는데 위장이 못 견뎠다. 한번 탈이 나면 한

동안 매운 음식을 멀리하다가, 싱거운 음식들을 먹으면서 서서히 식사량이 줄다가, 입맛이 떨어질 때 다시 매운 걸 찾는 식이다. 매운 음식을 먹고 나면 활기가 생긴다. 싱거운 음식을 먹으면 사람도 좀 싱거워지는 모양으로 그냥저냥 주어진 일과를 충실히 수행하는 것만으로 하루가 다 지나간다. 그것도 나쁘지 않다.

싱거운 음식을 앞에 두고 저걸 먹고 싶다고 생각한 적은 없다. 이를테면 가래떡 같은 것. 가래떡을 좋아하지만 가래떡이 먹고 싶어서 생각난 적도, 가래떡을 먹다가 중독된 적도 없다. 먹으면 맛있지만 배가 부르면 손을 내려놓게 된다. 순한 음식들의 특성이 그렇다. 반면에 마라탕은 상상만 해도 좋다. 먹을 때는 아무 생각도 나지 않는다. 안 먹으면 또 먹고 싶고 생각만 하면 침이 고인다. 하지만 먹고 나면 배탈이 나고야 만다.

이제는 과대 포장을 피하기 위해 시장에서 식자재를 사고, 베란다에 음식을 보관하고 있다. 가장 먼저 물러지는 것을 골라 식탁을 차린다. 그날 활동하기에 적절한 음식을 적당량 먹는 것으로 충분하다는 것을 알았다. 맛이 있어서 음식을 먹는 게 아니라 음식을 먹으니 맛이 있다는 것을, 우리는 지금 앞뒤가 바뀌었다는 것을 말이다.

식탐을 덜어 내자 다른 이들의 식탁에도 관심이 가기 시작했다. 우리가 남긴 음식물 쓰레기가 동물들의 먹이로 사용되고 있다는 것, 사육장의 소와 돼지가 먹는 사료가 유전자 변형 작물로 만들어졌다는 것, 항생제와 단기간에 살을 찌우기 위해 먹인다는 화학 제제들에 관한 처참한 이야기를 듣는다.

생명을 먹는다는 것은 자연스러운 법칙이자 원리다. 내가 육식을 비판하는 이유는 인간과 동등한 가치를 지닌 생명을 단지 〈먹거리〉로만 여기고 강제로 태어나게 해서 끔찍한 환경에서 억지로 살을 찌우며 성장시키고 아무 고려도 하지 않은 채 도살하는 비윤리적인 과정 때문이다.

그건 식물도 예외가 아니다. 햇볕을 쬐이고 물을 주고 감사하는 마음으로 추수하는 것. 떨어진 과일이나 곡식만 먹는 이들도 있다는 이야기에 고개를 끄덕였다. 과연 그런 마음이면 되겠다 싶어서였다.

과정을 살필 겨를 없이 최대한의 결과를 도출하는 것이 최고라는 식으로 효율성만 따지다 보니 이런 폭력적인 구조를 낳지 않았을까? 동물을 대하는 태도는 식물을 대하는 태도와 이어져 있고, 인간 자신을 대하는 태도와도 닮아 있다.

가끔 햄버거를 먹는다. 〈절대 하지 말아야지〉 하고 생각하면 오히려 스트레스로 계속하지 못한다는 것을 깨달은 뒤에는 한두 가지 예외를 스스로에게 허락한다. 쓰레기 문제에 민감하기 때문에 자연식품을 살 때보다 햄버거의 포장이 간소하다는 사실이 마음의 불편함을 줄여 준다. 일회용 종이컵 대신 텀블러를 이용하면 빵을 감싼 종이 한 장 정도의 쓰레기가 나온다.

사랑으로 키운 작물을 거두어 감사하는 마음으로 먹듯이 같은 과정을 통해 동물을 먹는 게 자연스러운 일이라고 생각한다. 네네츠족이 동반자라고 여기는 순록 고기를 먹는 마음은 농사지은 벼를 추수해 밥을 지어 먹는 것과 다르지 않다고 생각한다. 채소의 가장 맛있는 부분만 골라 먹고 나머지를 버린다면? 한 마리의 닭을 정성스럽게 키워서 충분히 감사하고 미안한 마음으로 먹는다면? 나는 후자가 훨씬 더 건강한 식생활을 하고 있다고 생각한다.

『돼지를 키운 채식주의자』는 직접 돼지를 기르고 잡아서 먹은 이동호 농부의 이야기다. 돼지와 함께 생활하면서 돼지를 알아가고 친해지고 이런저런 시행착오를 겪으며 돼지를 직접 죽이는 과정을 모두 체험한 저자의 이야기를 읽으면서 마음이 놓였다. 그는 자신이 경험한 과정 없이 도살된 고기로서 돼지를 접하는 것이 지금의 폭력적인 상황과 연관됨을 자연스럽게 설명하고 있었다.

오늘의 아침 식사는 도넛이다. 설탕이 코팅된 동그랗고 네모난 색색의 빵을 먹고 커피를 내려 마시며 은근하고 달콤하게 하루를 시작한다. 저녁에는 사과랑 레몬으로 잼을 만들어야지. 단

것을 먹었으니 하루 정도는 달콤한 사람이 될지도 모른다. 불과 5년 전까지만 해도 나는 군것질을 하지 않았다. 빵, 과자, 초콜릿, 사탕을 사는 일은 거의 없었다. 이제는 오히려 몸에 안 좋은 것들을 스스로에게 약간 허용하고 있다. 뭐든지 조금이라도 틀리면 안 된다는 금기로부터 자유로워지는 것이 지금의 내 건강법이다.

얼마 전에는 언니네 집에서 고기를 먹었다. 언니가 명절 특식으로 소고기를 구워 주었다. 식탁 위에 말라 죽은 식물의 화분을 그대로 두었기에 〈나는 식물도 소중히 생각해〉라고 말하면서 죽은 식물을 고이고이 보내 주었다. 언니는 사람을 사랑하고 동물에 별 관심이 없으며 식물을 관상용으로 생각한다. 나는 사람을 경계하는 편이고 동물 문제에 관심이 많으며 식물을 사랑한다. 우리 두 사람 중 누가 잘못되었거나 잘된 것은 없다. 사람을 사랑하는 언니는 가족에게 헌신적인 엄마이고, 다른 종에 관심이 많은 나는 환경에 관한 글을 계속해서 쓰고 있다. 우리는 서로를 존중하면서 공존할 수 있다.

오늘 점심에는 쌀국수를 삶을 생각이다. 파김치와 함께 순하고 부드러운 국물을 마실 것이다. 국물 베이스는 고기 대신 채소 스톡이다. 생태 소설을 쓰고 있고, 쓰고 싶다. 나는 채식을 지향하지만 육식을 허용하며 가끔은 불량 식품을 먹듯이 햄버거를 사 먹는다. 그게 나의 채식주의 리얼리티다.

인간은 동물의 똥오줌이 지하수나 하천에 유입되는 것을 막기 위해 동물을 흙에서 기르는 것을 금지했다. 그래서 동물들은 햇빛을 보지 못하고 땅을 밟아 보지 못한 채 배설물로 오염된 시멘트 공장 안에서 태어나 항생제를 맞으며 버티다가 고기가 되기 위해 죽는다. 인간이 버린 쓰레기는 지구의 존속을 위협하는 수준인데 정작 쓰레기 문제에는 느슨하게 대응하고 동물들에게서는 땅에 발을 디딜 권리조차 빼앗은 것이다.

눈이 오는 날 미끄러지지 말라고 바닥에 뿌려 놓은 염화 칼슘을 밟으면 기분 좋은 소리가 난다. 그 소리를 들으며 잠시 고개를 숙였다. 타인을 위하는 누군가의 수고에 감사한 마음으로 편안하게 길을 오간 그날 저녁, 바닥에 뿌려 놓은 염화 칼슘이 동물들의 발에 화상과 같은 고통을 준다는 기사를 읽었다.

인간의 편의만을 생각할 때 다른 많은 종에게 불편을 끼친다. 인간의 안위만을 고려할 때 다른 종들의 생명을 위협하게 된다. 단지 그들이 인간과 다르기 때문에, 그들에 대해 무지하기 때문이다. 적어도 이 지구상에 인간만이 사는 건 아니라는 것을, 사람뿐만이 아니라 개와 고양이, 비둘기, 곤충과 눈에 보이지 않는 미생물도 함께 걷고 있다는 것을 잊지 않는다면 지금 우리가 처한 이 난관을 극복할 수 있지 않을까? 인간이 빼앗은 자연의 영역을 되돌려준다면 또다시 닥쳐올 팬데믹과도 슬기로운 작별을 할 수 있지 않을까?

우리가 어제 놓쳐 버린 5천2백만 봉지의 거절

그녀는 오랫동안 말없이 듣고 있다가 내게 〈사과할 필요 없어〉라고 말했다. 〈아냐. 다 내 탓이야. 미안해. 다 내가……〉 그래도 내가 사과하는 것을 멈추지 않자 그녀의 말은 〈사과하지 마〉로 바뀌었고 정신을 차려 보니 유정은 내게 거의 애걸하듯 같은 말을 되풀이하고 있었다. 「제발 사과하지 마……」

정영수, 「무사하고 안녕한 현대에서의 삶」 중에서

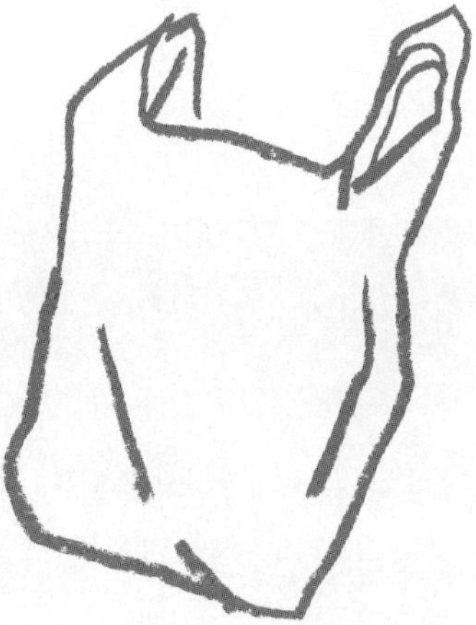

실수로 아기를 떨어뜨려 크게 다치게 하고 죄책감에 사로잡혀 고통스러워하던 〈나〉는 아이의 부모에게 사과하려고 한다. 그러나 그들은 단호하게 사과의 말을 듣는 것을 거절한다. 작가는 이 과정을 서술하는 데 전체 분량의 3분의 1을 할애한다. 어이없이 일어난 사소한 실수와 그로 인해 불어닥친 거대한 불운, 아무리 사과해도 죄책감에서 벗어날 수 없는 인물과 어떤 방식으로도 그 사과를 받아들일 수 없는 인물 간의 도저히 병렬할 수 없는 입장을 병렬시킨 이 장면은 소설의 클라이맥스다. 부부는 용서하는 것을 거절하는 것이 아니라 사과하는 것을 허락할 수 없다. 잘못을 용서할 수 없는 게 아니라 사과하는 것 자체를 용납하지 않는다. 그렇게 좀처럼 함께 쓰이지 않을 것 같은 수식어와 서술어가 결합한다. 그녀는 〈애걸하듯〉 〈거절한다〉.

우리는 매일 수없이 거절한다. 출근길 현관을 나설 때 문 앞에 붙어 있는 전단을 떼어 쓰레기통에 버리면서 오늘 저녁에 양념치킨을 배달시키라는 권유를 간단히 거절한다. 거리의 상점마다 내다 놓은 홍보물의 권유를 무심코 거절하고, 얼굴에 복이 많다며 자기 이야기를 들어 보라는 손길을 은근슬쩍 거절한다. 도로 위에서는 반갑게 달려오는 다급한 마음들에 클랙슨을 두드려 거절하고, 회의 시간에는 나와 다른 의견들을 추어올리는 척하며 세련되게 거절한다. 식당에서는 입맛에 맞지 않는 반찬을 그냥 거기에 둠으로써 거절하고, 야근하는 중에 술 한잔하자는 친구의 제안을 어쩔 도리 없이 거절한다. 관심 없는 내 마음 모르고 데이트하자는 용기를 솔직하게 거절하고, 넷플릭스 보고 잘까 망설이다가 거절할 새도 없이 잠드는 일상이다.

아니, 아직 잠들어서는 안 되는데 그건 우리가 미처 다 하지 못한 거절이 남아 있기 때문이다. 이토록 다양한 거절의 단계와 양식을 터득한 우리가 마땅히 해야 했을 거절이, 너무 순식간에 일어난 일이어서 부지불식간에 놓쳐 버린 거절이 아직 남아 있기 때문이다. 우리가 깊이 잠들지 못하고 뒤숭숭한 꿈을 꾸며 아침에 벌건 눈을 뜨고 찌뿌둥한 어깨를 주무르는 건 어쩌면 그 때문일지 모른다. 하룻밤 사이에 우리가 미처 하지 못한 거절이 남아 있기 때문이다. 자그마치 5천2백만 봉지나.

눈치챈 사람이 있을까? 나는 오늘 하루 적어도 한 번 이상은 내 손에 들려 있다가 15분을 채우지 못하고 떠났을 비닐봉지 이야기를 하려고 한다. 집 안 어느 구석엔가 게으른 고양이가 웅크리고 있듯이 몇 장 꿍쳐져 있고, 쓰레기 분리수거함에는 수십 장 구겨져 있을, 하얗고 검고 투명하고 색색으로 프린트되어 화려하고 이불을 담을 수 있을 정도부터 손가락 마디만 한 샘플용까지 크기마저 가지각색인 비닐봉지들 말이다. 한국 사람들이 버리는 비닐봉지의 개수가 하루에 5천2백만 장이다.

나는 태어난 이래로 비닐봉지 없는 세상을 경험해 보지 못했지만 비닐봉지가 개발된 것은 1960년대이다. 불과 60년 전에는 비닐봉지 없이도 살았다는 얘기다. 이 글을 쓰는 순간에도 눈앞에 비닐 포장된 복사 용지가 보인다. 이렇게 도처에 널려 있는데 비닐봉지 없는 세상이 과연 올까 싶지만 비닐봉지 없이 사는 나라도 있다. 방글라데시는 더 이상의 환경 오염을 막기 위해 2002년에 비닐봉지 사용을 금지했다. 영국에서는 비닐봉지를 유상으로 판매한 이후 사용률이 85퍼센트나 감소했다. 우리도 충분히 할 수 있다. 기업이 생산하지 않고, 정부가 규제하거나 금지하고, 개인이 일상에서 실천한다면 비닐봉지와 작별하는 일은 분명히 가능하다.

우리 집 싱크대 옆에는 명태를 말리듯 옷걸이에 걸어 말린 비닐봉지들이 있다. 어쩔 수 없이 거절하지 못한 비닐봉지들을 물로 씻어서 말려 둔다. 찢어진 비닐은 분리수거함에 담는다. 엄연히 재활용 표시가 되어 있지만 실제로는 재활용되지 않는다는 〈비닐류 OTHER〉들은 집에서 재사용한다. 방마다 하나씩 두고 작은 쓰레기통으로 한 번 더 사용한 뒤 버린다. 외출할 때는 말려 둔 비닐봉지 두세 장을 챙겨 가방이나 주머니에 넣어 둔다. 개별 포장하지 않고 과일이나 채소를 직접 골라 담을 수 있는 시장이나 슈퍼마켓을 이용한다. 한편에 새 비닐봉지가 있지만 가방 속에서 헌 비닐봉지를 꺼내 식자재들을 담는다. 번거롭게 보이겠지만 그렇게 몇 번 반복하다 보면 텀블러나 손수건을 챙기는 일처럼 습관이 된다. 전혀 불편하지 않다.

정말로 불편한 것은 우리가 버린 빨대가 코에 껴서 숨을 못 쉬게 된 바다거북과 대면하는 순간이다. 배 속에 플라스틱이 가득 차서 하늘을 날아 보지 못하고 죽음을 맞는 새들을 마주해야 하는 순간이다.

비닐봉지 한 장이 분해되는 데는 5백 년에서 1천 년이 걸리지만 실제로 쓰이는 시간은 15분이라고 한다. 꺼내서 잠깐 쓰고 버리기만 하면 되는 15분짜리 편리함은 자유로움이 아니라 편협함과 연결되어 있다. 내가 15분간 편하고자 땅과 바다, 하늘은 오염되고 이웃 생물들은 병들어 죽어 간다. 그 병듦과 죽음이 우리에게 돌아오는 것은 너무나 당연한 일이다.

다른 존재에게 폐를 끼치면서 누리는 즐거움이 진짜일 리 없다. 내가 편리한 일이 네가 불편해지는 일임을, 내가 편리한 일이 네가 죽는 일임을 기억한다면 편리함이 진짜 자유가 아님을, 눈가리개를 하고 나 자신조차 볼 수 없게 만든 무시무시한 중독물임을 깨닫게 될 것이다. 불편하더라도 작은 수고들을 곁들인다면 다시 소박한 행복이 찾아올 것이다. 그 행복을 누리는 방법을 공유하고 싶다. 아주 간단하다. 일회용품을 〈분명하게〉 〈거절하는〉 것이다.

텀블러를 갖고 다니자. 그리고 당연하다는 듯 거절하자. 「플라스틱 컵은 필요 없어요.」 음료 옆에 나란히 놓인 빨대를 카운터에 되돌려주자. 그리고 단호하게 거절하자. 「빨대는 쓰지 않을게요.」 테이블 위에 얌전히 놓인 일회용 물티슈는 얌전히 거절하고 대신 잠깐 자리에서 일어나 화장실에서 수돗물로 손을 씻자. 「물티슈는 사용하지 않아요.」 주머니에서 손수건을 꺼내자. 그리고 당당하게 거절하자. 「냅킨은 필요 없어요.」 에코 백에 채소를 담고 계산을 마친 뒤에는 다회용 장바구니를 꺼내자. 장을 보러 갈 때는 배낭을 메자. 〈절실하게〉 〈거절하자〉.

「비닐봉지는 안 주셔도 돼요!」

어제 우리가 놓친 5천2백만 봉지 중 한 봉지의 거절을 하자. 바다 생물들이 해파리나 오징어라고 착각해서 먹고 있다는, 우리가 무심코 버린 비닐봉지 한 장을 그렇게 되가져오자.

Part 2
내 것이 아니야

영점의 웨이스트

며칠 후에 나는 은령의 교실을 찾아가 그 종교에 대해 알고 싶고 그와 관련된 단서들을 모으고 싶다고 말하며 그런 일을 가끔 도와줄 수 있는지 물었다. 교실 문턱에 선 은령은 잠시 고개를 기울이고 생각해 보더니 수업이 끝나고 자율 학습을 시작하기 전까지 15분 정도 시간을 낼 수 있다고 대답했다. 나는 그 정도면 충분하다고, 고맙다고 말했다.

우다영, 「당신이 있던 풍경의 신과 잠들지 않는 거인」 중에서

화자인 〈나〉는 어린 시절 친구인 은령과 중학교에서 다시 만난다. 나는 동급생인 은령에게 세상을 떠받치고 있는 거인에 관한 연구를 함께하자고 제안하고, 은령은 15분 정도 시간을 낼 수 있다고 답한다. 좋다거나 싫다는 게 아니라 15분, 예스도 노도 아닌 15분이라는 대답이 돌아온다.

그 말은 대체 무슨 의미일까? 어쩌면 예스보다 더 강한 예스일 수도 있다. 시간이 없지만 자투리 시간이라도 내보겠다는 노력, 아니면 그와 반대로 쉬는 시간의 가벼운 몇 분 정도라면 별생각 없이 할애할 수 있겠다는 오만함은 아닐까. 소설 속에서 은령이 죽기 전에 화자에게 편지를 남겨 신에 대한 이야기를 전한 것으로 미루어 짐작하건대 그 15분은 노력에 가까워 보인다. 은령은 편지를 통해 화자가 한 말이 자기가 윤리적 선택을 할 때마다 떠올라 마치 신처럼 작용했다고, 자신을 가장 윤리적인 길로 이끌었다고 고백한다. 그렇게 은령이 자기 마음속에서 작용하는 신을 만나게 된 걸 15분의 기적이라고 해도 좋을까?

15분이라는 시간은 이렇게도 저렇게도 해석할 수 있다. 조금 소심하고 살짝 삐딱한 나 같은 사람은 〈싫으면 싫다고 하지 기껏 해야 15분이 뭐람〉이라며 투덜댈지 모르지만 우다영의 인물은 자신에게 주어진 15분에 만족할 줄 안다. 은령이 마음속에서 작용하는 신을 만나게 된 건, 또 화자가 은령의 대답을 듣게 된 건 15분을 충분하다고 느낄 수 있는 이들이 받을 수 있는 선물이 아니었을까?

나는 이런저런 시도를 하는 것을 좋아한다. 불굴의 의지로 다시 일어서는 데는 선수인데 잘 넘어진다. 그 이유를 생각해 보면 목표를 너무 높게 잡은 탓이 크다. 높은 목표를 바라보니 성과는 좋다. 결국 원하던 지점에 도달하게 된다. 하지만 과정의 사사로운 기쁨과 쉬어 가는 행복을 놓치는 일이 잦다. 만약 「당신이 있던 풍경의 신과 잠들지 않는 거인」의 화자가 내게 제안을 해왔다면, 그리고 내게 남은 시간이 15분뿐이었다면 나는 아마 상대의 제안을 정중하게 거절했을 것이다. 연구를 하는 데 불충분하니 15분이라는 시간은 없는 거나 마찬가지로 여겼을 것이다.

쓰레기 줄이기를 처음 시도했을 때, 나는 하루 종일 쓰레기를 배출해서는 안 된다는 생각에 사로잡혀 있었다. 제로 웨이스트와 관련된 시도들을 모조리 실행에 옮겼다. 절대로 일회용품을 사용해서는 안 되고 사용한 모든 쓰레기를 다 닦아서 지침에 맞게 배출해야 했다. 혼자서라도 고군분투한다면 쓰레기 제로에 도달할 수 있을 거라 여겼다. 대한민국은 일회용품 사용이 규제되지 않은 사회이니 개인적인 실천에 한계가 있음을 인정하지 못했다. 비닐봉지 사용이 아예 금지된 나라도 있고(르완다는 입국 절차 시에 가방 속에 비닐봉지가 있는지 검사하고 압수한다), 분리수거를 염두에 두고 상품을 만드는 회사도 있다(일본에서는 라벨을 쉽게 제거할 수 있도록 고려해 음료수병을 만든다). 결국 뭔가를 살 때마다 극심한 스트레스를 받았다. 알루미늄을 제조할 때 독성 물질이 배출되니 참치 캔은 안 되고, 비닐은 썩는데 수백 년이 걸리니 비닐 포장된 어묵도 안 되고, 플라스틱을 세척할 때마다 바다에 미세 플라스틱이 흘러드니 페트병에 담긴 오렌지 주스도 안 되었다. 그런 식으로 상품을 고르다 보니 슈퍼에서 아무것도 사지 못하고 나오는 날도 있었다.

나는 스스로가 만들어 낸 금지 사항들을 지키다가 지쳐 버렸다. 내가 만든 규칙에 스스로 갇혀 버리고 만 것이다. 이런 상태에서 나를 구제해 준 건 제로 웨이스트의 2라운드인 〈줄이기〉다.

〈거절하기〉가 환경 유해 물질을 아예 허용하지 않는 단단한 지침이라면 그에 비해 줄이기는 조금 타협적이다. 나는 이 실천 방식을 〈영쩜일 웨이스트〉라고 이름 붙였다. 영과 영쩜일의 차이는 제법 크다. 제로를 지향하다 겪게 되는 피로감에서 벗어나 지치지 않고 계속할 수 있다.

방법은 간단하다. 완전히 그만두지 않고 분량을 줄이는 것이다. 언제나, 늘, 꼭 그렇게 하지 않고 할 수 있을 때 하는 것이다. 비닐 포장된 제품은 대부분 사지 않지만 좋아하는 라면에 한해서는 허용한다거나 고기를 거의 먹지 않지만 육개장에 든 소고기 정도는 괜찮다는 식으로 영쩜일 정도의 틈새를 마련해 주니 숨통이 트였다. 나만의 룰을 만들고 실천해 보는 재미도 생겨서 전처럼 쓰레기를 줄이기 위한 쇼핑이 스트레스가 아니라 더 나은 포장 상태를 현명하게 감별해 내는 즐거운 선택이 되었다.

나는 요즘 〈번들 사지 않기〉를 실천 중이다. 마트에서 파는 식자재의 포장재는 상당수가 비닐류 OTHER에 속해 재활용되지 않는다. 그런데 번들은 이중 포장되어 있기 때문에 쓰레기를 두 배로 배출한다. 돈을 더 내더라도 낱개로 사는 게 환경을 지키는 길이다.

라면 4~5개가 든 번들은 분명 낱개로 살 때보다 개개의 가격이 싸다. 그렇게 해서 소비자들은 라면을 더 많이 구매하게 되고 기업은 싸게 팔아도 오히려 공급량이 늘어나 이윤을 더 남길 수 있게 된다. 이러한 기업의 전략에서 벗어날 방법이 있다. 싼 것에 현혹되지 않으면 된다. 가격을 낮추었지만 비닐을 하나 더 가져가야 한다면, 두 배 분량이 된 비닐의 처리 비용을 내가 떠안은 셈이니 가격이 낮아진 것이 아니다. 상품을 살 때의 가격뿐만 아니라 그것을 버릴 때까지, 쓰레기통에 들어갔다가 처리되고 분해되어 땅과 바다, 하늘로 무사히 되돌아가기까지 전 과정을 염두에 두어야 한다. 그런 의미에서 번들 포장된 상품들은 낱개로 파는 상품들보다 분명 비싸다.

비닐 사용을 줄이기로 한 이들은 〈가격을 낮추면 더 많이 소비한다〉는 이 세계의 원리에서 살짝 벗어난 셈이다. 나는 이런 실천에 꽤 매력적인 요소가 있다고 느낀다. 휘말리지 않는 데서 오는 쾌감이랄까, 벗어날 수 있다는 자유로움이 있다. 한순간이 아니라 그 이후까지 고려하는 쇼핑을 하게 되면 일상에서도 좀 더 신중해지고 더 먼 미래까지 내다보게 된다.

대형 마트에서는 라면을 한 개씩 팔지 않기 때문에 동네 슈퍼에서 산다. 하나 더 얹어 주는 행사를 하는 품목은 얹어 주는 상품을 묶는 데 또 포장재를 사용하므로 사지 않는다. 두 개가 필요하다면 두 개를 따로 산다. 물건을 고르는 기준이 바뀐 것이다. 내게로 왔던 것들이 완전히 자연으로 되돌아가는 시간, 제로 웨이스트 실천가들의 시야는 더 멀리까지 확장된다.

요즘에는 물건을 고를 때 고려하는 게 하나 더 추가되었다. 바로 그 물건이 만들어지는 과정에서 환경에 미치는 영향이다. 이를테면 알루미늄 캔은 재활용 비율이 높지만 캔을 만드는 과정에서 유독성 물질이 유출된다. 만일 어떤 제품을 생산하는 데 불공정한 거래가 이루어져 노동자들이 착취되고 있다면, 무자비한 동물 실험의 결과로 만들어진 개발품이라면 그것 또한 상품을 구매하는 데 고려할 요소다. 이런 쇼핑 습관은 삶을 통째로 바꿔 놓는다. 나는 요즘 어깨가 가볍다. 불필요한 것들을 삶에 들이지 않고 내보내지 않는다는 단순한 습관이 삶을 가볍고 경쾌하게 만들어 주었다.

제로 웨이스트를 실천하는 데도 마음의 컨트롤이 필요하다. 습관은 하루아침에 바뀌지 않으니까. 나를 잘 달래 가면서 조금씩 범위를 넓히다 보면 자연스레 목표에 가까워질 것이다. 내 수준에 맞는 실천 방법을 찾아 도전해 보자. 이제까지 포장재 사용에 신경 쓰지 않고 먹고 싶은 것들을 장바구니에 넣는 데 주저함이 없었다면 〈과대 포장된 제품 피하기〉같이 쉬운 단계부터 슬슬 시작해 보는 건 어떨까. 커피의 맛과 향에 예민한 커피 마니아라면 자기가 선호하는 브랜드의 커피가 어떻게 생산되는지를 알아보고 생산 과정을 고려해 커피를 선택하는 지적인 미식가가 되자.

그러나 언제나 영찜일의 여지는 남겨 두자. 이것저것 따져 보고 사는 것이 원칙이지만 피곤한 날에는 포장재 정도만 고려해서 산다. 채소는 포장이 안 된 것을 고르지만 좋아하는 간식은 예외로 한다. 업무가 밀려 끼니를 챙기기 어려운 날에는 레토르트 식품이나 패스트푸드도 먹는다. 가끔 그런 날을 허용하는 건 제로 웨이스트 번아웃에서 벗어나게 해주는 작은 틈을 내주는 일이다. 그런 작은 틈은 오히려 실천을 지속하게 해주고 자신에게 금지한 것, 비닐 포장된 음식들을 먹고 싶다는 욕망이 너무 커지지 않게 해준다. 〈가끔은 먹을 수 있으니까〉라고 생각하면 금지를 대수롭지 않게 여기게 된다.

지금 지구가 처한 위기, 전 세계가 처해 있는 기후 위기는 욕심을 늘릴 줄만 알고 컨트롤할 수 없게 되어 생긴 결과다. 적당한 데서 멈추자. 가야 할 때는 가고 보폭을 조절해 속도를 낼 때는 내다가 가끔은 멈춰 서자. 또 뒤로 물러서야 할 때는 물러설 줄 아는 지혜도 필요하다.

나는 텀블러와 장바구니를 갖고 다닐 때도 일회용 티슈는 사용했다. 축농증이 있어서 더더욱 휴지가 없는 삶을 상상해 본 적이 없었다. 손수건을 사용하기 시작하면서 단지 내 상상력이 부족했다는 사실을 너무 늦지 않게 깨달았다.

휴지 사용 줄이기의 첫 단계는 〈손수건 가지고 다니기〉다. 집 밖에서 휴지를 쓰지 않는 것이다. 사각으로 반듯하게 접힌 냅킨은 사양하고 주머니 속의 손수건을 이용한다. 두 번째 단계는 〈집에서도 손수건 사용하기〉다. 방마다 한 장씩 갖다 놓고 코를

풀 때나 입에 묻은 것을 닦을 때 손수건을 사용한다.

집 안에서도 손수건을 사용하게 되면서 휴지 사용량은 절반으로 줄었다. 그래도 뭔가 급하게 닦거나 치워야 할 때는 휴지를 요긴하게 사용했다. 그 요긴함이 꼭 필요함이 아니라 편리함일 뿐이었다는 걸 깨달은 건 해져서 못 입는 면 티셔츠를 잘라 휴지를 대체하면서부터다. 버리는 티셔츠나 오래 쓴 행주를 휴지 대신 쓰고 있다. 사각형의 적당한 크기로 잘라 에코 백에 두툼히 넣어 두고 휴지가 필요할 때마다 꺼내서 사용하면 휴지를 쓸 때처럼 편리하다. EM 용액을 뿌려서 닦으면 항균 작용을 한다고 하니 휴지보다 더 위생적이다. 조금 불편한 점은 세탁해야 한다는 번거로움인데, 과산화 나트륨을 섞은 물에 담가 놓으면 때가 쏙 빠진다. 그렇게 집 안에서 사용하는 휴지의 나머지 절반을 서서히 줄여 나갔다. 화장실용 휴지 정도만 남겨 두었다.

〈어떻게 휴지를 안 쓰나, 난 그렇게까지 하고 싶지 않아〉라고 느끼는 사람도 있을 것이다. 그렇다면 평소에 휴지를 손에 돌돌 말아 넉넉하게 뜯어 쓰는 습관을 고쳐 보자. 그것만으로도 화장실용 휴지 사용량을 2분의 1이나 줄일 수 있다. 그것도 불편하다면 한 칸씩 줄여 나가는 것도 방법이다.

〈아니, 나 시간 없어〉라고 말하지 않고 남은 시간을 내준 15분은 단지 15분에서 멈추지 않는다. 한 칸을 줄일 수 있다면 두 칸을, 2분의 1을 줄일 수 있다면 3분의 2를 줄일 수 있게 되고 그러다 보면 언젠가는 휴지 없는 삶을 누릴 수 있게 될지도 모른다. 나는 지금 화장실에서도 휴지를 사용하지 않는다. 그럼 어떻게 하느냐고? 샤워기를 이용해서 물로 씻는다. 일종의 수동식 비데랄까? 그렇게 휴지와 완전히 작별했다.

연인과 헤어진 다음 날을 떠올려 보자. 하루아침에 마음이 접히지 않는다. 처음에는 잠도 안 오고 밥 먹다 눈물도 난다. 그다음에는 차차 익숙해져서 가끔 떠오를 때만 괴롭다. 그러다 결국에는 완전히 잊는다. 예기치 못한 어느 날엔가 문득 내가 더 이상 그 사람을 그리워하지 않는다는 것을 깨닫게 된다. 그/그녀가 다시 내게 온다고 해도 이젠 내가 거절하겠구나. 그런 시간이 온다. 네(휴지)가 없는 쪽에 드디어 익숙해졌어. 이대로 좋아. 편하고 깔끔하고 부드러워.

이렇게 디자인이 훌륭한 물건이라면

「당신 혹시…… 와인이라도 한잔할래? 여기 갖다 놓은 지는 제법 되는 와인이거든. 코르크 따개 가져올게.」
「따개 여기 있어.」
「그거 혹시……?」
「음, 흐음.」
「당신 그걸 아직도 갖고 있었다니, 정말 놀랐는데.」
「이렇게 디자인이 훌륭한 물건을 내가 왜 버렸겠어?」

데이비드 마추켈리, 『아스테리오스 폴립』 중에서

데이비드 마추켈리의 『아스테리오스 폴립』은 건축학 교수 아스테리오스 폴립과 설치 미술가인 하나 존넨샤인이 만나 사랑하고 헤어졌다가 재결합하기까지의 과정을 개성 있는 그림체로 그려 낸 그래픽 노블이다. 교직원 파티에서 만난 두 사람은 2년 뒤인 1986년 봄에 결혼한다. 함께 떠난 여행에서 하나는 모래사장에 누군가 버리고 간 스위스 아미 나이프를 줍는데 아스테리오스는 그게 아직 멀쩡하니 자기가 사용하겠다고 한다.

세월이 지나 하나는 떠나고 아스테리오스는 화재로 전반부의 생을 송두리째 잃어버린다. 불이 났을 때 챙긴 유일한 물건은 하나가 주운 스위스 아미 나이프. 아스테리오스는 자동차 수리점에서 품삯으로 받은 고물 승용차를 끌고 며칠 동안 눈 속을 달려서 하나에게로 간다. 하나는 아스테리오스가 모든 것을 잃은 채로 자기가 발견한 칼을 여전히 지니고 있음을 알아본다. 아스테리오스는 〈당신이 주워 준 소중한 추억을 간직했어〉라고 구구절절 늘어놓는 대신 분위기가 너무 진지해지지 않도록 대화의 방향을 전환한다. 아스테리오스의 균형 감각이 그들이 헤어진 기간 동안 쌓였을 두꺼운 벽을 슬그머니 허문다.

「이렇게 디자인이 훌륭한 물건을 내가 왜 버렸겠어?」

『아스테리오스 폴립』를 본 사람이라면 이 대사를 좀 더 즐길 수 있을 거다. 그때 아스테리오스는 하나를 처음 만났을 때처럼 근사하지 않았다. 그녀를 도와줄 수도, 그녀에게 만족감을 줄 수도 없었다. 어쩌면 인생에서 가장 초라한 모습이라고 해도 무방할 만큼 안 좋은 상황이었다. 하지만 아스테리오스는 그 순간에도 여유를 잃지 않는다.

쓰레기통으로 가는 쓰레기들 앞에서 그런 여유를 한번 부려보면 어떨까. 물건을 살 때마다 물건보다 더 크게 돌아오는 포장용기들을 분리수거함으로 내보내기 전에 〈이렇게 디자인이 훌륭한 물건이라면 버릴 필요가 없겠는데〉라고 감탄해 보는 것이다.

가장 쉽게 재사용하는 방법은 그 물건의 용도를 그대로 사용하는 것이다. 내가 재사용하는 물건의 1순위는 배송 물품의 포장재들이다. 재택근무를 하다 보니 업무와 관련한 문서나 책을 택배로 받는 일이 잦다. 교정지를 받았던 봉투를 버리지 않고 보관했다가 교정지를 보낼 때 출판사에서 보낸 봉투를 다시 사용한다. 봉투에는 출판사 주소가 적혀 있어서 주소를 따로 기억해야 하는 번거로움도 줄고, 교정지를 담기에 가장 적절한 규격이어서 크기를 고려해야 하는 수고도 줄어든다. 다시 보낼 필요가 없는 포장재들은 선물을 할 때 사용한다.

재사용 2순위는 이리저리 피해 봐도 내 손에 들린 일회용품들이다. 페트병 뚜껑은 다양한 색깔에 모양도 가지가지라 모으는 재미가 있다. 투명 플라스틱 컵에 따로 보관해 두었다가 같은 크기가 서너 개 모이면 화분 밑에 괴어 둔다. 바람이 통하니 식물이 잘 자란다. 비누 뒷면에 붙여 두면 끝까지 사용할 수 있다. 페트병은 세제 통으로 재사용하고 있다. 스파게티 소스병은 수제 요구르트를 발효시키거나 김치, 깻잎장아찌를 담는 반찬 통으로 쓴다. 비타민 음료를 마시고 난 갈색 유리병은 각진 모양이 개성 있고 빛깔도 매력적인 데다 크기가 딱 양념 통에 걸맞아 소금과 고춧가루를 담아 두었다. 은박 접시는 화분 받침대로 알맞다. 종이 상자를 모아 뒀다가 여름과 겨울에 창 사이에 끼워 두면 단열재 역할을 한다. 대기 중의 수증기가 구름이 되었다가 다시 비가 되어 내리듯 물건들은 제자리에서 쓰임을 다하면 쓰레기통으로 가는 대신 다른 적절한 자리를 찾는다. 아이디어를 떠올리는 재미가 꽤 쏠쏠하다.

3순위의 재사용 물품들은 오래되어 쓰임을 다한 것들이다. 코르크 재질의 요가 블록은 모니터 받침대로, 다 쓴 탁상 달력은 종이를 떼어 내고 두꺼운 겉면에 예쁜 그림을 붙여 액자로 사용하고 있다. 커트 머리로 자른 뒤에는 헤어밴드를 사용할 일이 없어서 욕실에 두고 세수할 때 이용한다. 사용하지 않는 목걸이나 귀걸이를 천장에 달아 두면 인테리어 소품으로 변신한다.

오래된 도자기 컵은 수경 식물을 재배하는 화분으로 다시 쓴다. 동네 문구점에서 산 염색용 물감으로 이런저런 무늬를 그려 넣으면 분위기 전환이 된다. 고장 난 압력 밥솥은 설거지통으로 쓰고 있다. 술이나 음료 병은 화병이, 오래된 화분은 우산꽂이가 되었다. 침대보를 살리 커튼으로 사용하고 과일 상자 겉면에 천을 붙여서 정리함으로 쓰고 있다.

젊은작가상을 받은 트로피의 케이스는 멋스러운 나무 재질인데, 휴대 전화를 넣어 두고 음악을 틀면 소리가 울려 꽤 멋진 스피커 역할을 한다. 뚜껑에는 내가 그린 그림을 붙여서 액자로 사용하고 있다.

노트의 겉면을 잘라 엽서로 사용하고 이면지는 메모지로 활용한다. 제로 웨이스트에 관심이 있는 친구들에게 보내는 편지나 메모는 이면지를 사용한다. 아름다운 편지지를 받는 것도 행복한 일이지만 함께 환경을 되살리는 실천을 하고 있다는 걸 서로 확인하면 애틋한 마음이 더해진다.

대형 가구나 가전은 쓰레기로 수거되어 재활용하는 과정에서 또다시 환경 오염이 일어나기 때문에 폐기물 스티커를 붙여 내보내기 전에 다시 사용할 방법을 찾거나 주변에 필요한 곳이 있는지를 알아보는 게 좋다. 우리 집에서는 쓰임을 다했지만 다른 곳에서 환영받는 물건들이 있다.

나는 작가이기 때문에 책이 많다. 책장이 무너진 적도 있다. 그 책장은 원래 침대였는데 약간의 수리를 해서 책장으로 재사용하고 있다. 멋스럽고 독특한 디자인으로 재탄생했는데, 이 책장이 무너진 이후로 집에 이토록 많은 책을 둘 필요가 있는지 고심했다. 대답은 〈아니요〉였다. 이후로 책 나눔을 시작했다. 수련을 하고 있는 요가원 한편에 공간을 마련했다. 대단한 건 아니고 장식장에 독서대를 펼쳐 놓고 두 권의 책을 비치해 두었다. 〈책 나눔합니다. 필요하신 책을 그냥 가져가시면 돼요〉라고 써 붙여 두었다. 누군가 책을 가져가면 다른 책을 갖다 둔다. 그렇게 해서 나는 집에 쌓인 책들을 적당량으로 줄일 수 있게 되었고, 요가원에 다니는 회원들은 무료로 책을 읽을 수 있게 되었다.

재사용 아이디어를 떠올리는 방법은 간단하다. 물건에 지금의 자리가 아니라 알맞은 위치를 찾아 주는 것이다. 할 수 있다면 디자인에 약간 변형을 가한다. 위치를 바꾸고 모양을 달리해 주는 것만으로도 꽤 훌륭하게 분위기 전환이 된다.

현대를 사는 우리에게 가장 필요한 재사용 품목은 옷이 아닐까? 옷장 한가득 옷이 있는데도 우리는 계절마다 새 옷을 구입한다. 자주 신는 신발은 한 켤레인데 신발장은 안 신는 신발들로 그득하다. 패스트 패션 시대를 지나 울트라 패스트 패션 시대. 의류 회사들이 새 옷을 만들어 내놓는 간격이 빨라지고 신상품의 개수도 늘어났다. 1~2주면 신상품이 나오는 경우도 있다. 개인이 사들이는 옷은 한 해에 78벌이나 된다. 이렇게 빨리 만들어서 빨리 입는 옷들, 그래서 많이 가질 수 있는 옷들은 과연 우리가 살고 있는 지구에, 지구에 살고 있는 우리에게 좋을까?

옷감을 만드는 데는 물이 필요하다. 청바지 한 벌을 만드는 데 들어가는 물의 양은 1천5백 리터. 목화를 심고 경작해서 수확하는 데도 비용이 들어간다. 그런데 옷값이 싼 이유는 회사에서 그만큼의 비용을 지불하지 않았다는 뜻도 된다. 옷을 만드는 노동자들에게 충분한 비용이 지급되지 않았다는 의미도 있다.

패션 산업은 석유 산업의 뒤를 이어 오염 산업 2위를 차지하고 있다. 폐수의 20퍼센트, 온실가스 배출의 10퍼센트가 패션 산업으로 인한 결과다. 우리가 산 옷의 40퍼센트는 입지 않는다는 연구 결과도 나왔다. 새 옷을 사는 대신 옷장 속의 옷을 꺼내 입자. 유행은 돌고 도니, 결국 옷들을 다시 꺼내 입을 적절한 시기를 찾을 수 있을 것이다.

나는 2년 전부터 새 옷이나 신발을 사지 않는다. 생활비가 가장 높을 때보다 절반 이상으로 줄었다. 옷이 부족하다고 느끼지 않는다. 이전에 사들인 옷들로 옷장과 행거는 이미 포화 상태다.

이제 환한 햇살이 들어와 하루를 상큼하게 시작할 수 있는 계절이다. 방문에는 아직 지난겨울에 만든 크리스마스 리스가 붙어 있다. 메타세쿼이아 나무줄기에 솔방울과 말린 꽃, 열매를 달아 두었는데 그걸 떼어 다음 해에 다시 쓸 수 있도록 보관해 두고, 이제 슬슬 면사들을 묶어 마크라메 드림캐처로 바꿔 볼 생각이다.

재사용이 생활화되면서 내게 부족했던 융통성이 조금씩 늘고 있음을 실감한다. 전에는 뻣뻣하게 굴던 일들을 제법 유연하게 넘길 수 있게 되었다. 전에는 원하지 않는 물건들이 들어오면 〈이걸 또 어떻게 분리수거해서 내놓고 또 어느 세월에 자연으로 되돌리나〉 하고 스트레스부터 받았는데 이제는 〈이걸 어떻게 재사용해 볼까〉 하고 생각하는 여유가 생겼다. 물건을 대하는 태도는 나 자신에게도 그대로 적용되었다. 재사용은 단지 쓰레기를 줄이는 방법을 넘어서 〈이렇게 해서 안 되면 저렇게 하면 되네〉 하는 여유롭고 재치 있는 삶의 태도를 선물해 주었다.

사물의 쓰임은 정해져 있지 않다. 불교에서는 만물이 계속 변하는 것이 이치인데 인간이 스스로의 모습을 규정해 놓고 고집할 때 어리석음이 생긴다고 한다. 물건들을 살피고 다른 쓰임을 생각해 보는 시간은 내게 지혜를 가져다주었다. 난 원래 오로지 소설가이고, 소설 아니면 안 쓰겠다고 생각했는데 지금 이렇게 신나서 제로 웨이스트 에세이를 쓰고 있는 걸 보면 확실히 그렇다. 고집을 꺾고 나자 굳게 버틴 바위 같은 마음에 살랑살랑 부드러운 봄바람이 불어온다. 그 봄의 기운을 당신과 나누고 싶다.

집 안을 둘러보자. 쓰레기통으로 가기 직전인 사물의 자리를 바꾸어 새로운 자리를 찾아보자. 〈아, 이렇게 디자인이 훌륭한 물건이라면 버릴 필요가 없겠는데〉라고 감탄하자.

보낸다는 마음으로 버린다.

아무리 빨아도 와이셔츠에 밴 얼룩은 지워지지 않았다. 은옥은 퇴근길에 문방구에 들러 댓살과 얼레를 샀다. 문방구 주인은 선반 깊숙한 곳에서 먼지가 잔뜩 묻은 플라스틱 얼레를 꺼내 주었다.
이봐, 활벌이줄은 15도 정도 구부러지게. 춧춧, 달을 붙이는 데도 순서가 있다구. 머릿달, 귓달, 꽁숫달, 허릿달 순으로 해야 해. 은옥은 저녁도 먹지 않은 채 거실 바닥에 쭈그리고 앉아 남편의 와이셔츠로 연을 만들었다. 이런 세상에, 한 번도 연을 날려 본 적이 없는 거야?

하성란, 「와이셔츠」 중에서

결혼 7년 차, 실직하고 하루 만에 하릴없는 동네 건달이 되고 만 상현이 애정을 쏟는 대상은 연이다. 동네 아이들에게 연을 만들어 주며 하루를 보내는 상현과 잘나가는 커리어 우먼 은옥의 사이는 점점 멀어지기만 한다. 맥없이 연이나 만들고 있는 상현이 은옥의 눈에 찰 리 없다. 그런데 소설의 마지막 장면에서는 상현이 아니라 은옥이 연을 만든다. 옥상에서 연을 날리는 것도 은옥이다. 연의 재료는 상현의 와이셔츠 천. 그들에게 무슨 일이 일어난 걸까?

어느 날 상현이 집에 돌아오지 않는다. 그가 어떻게 되었는지에 대해서 소설은 알려 주지 않는다. 다만 은옥은 처음부터 남편의 부재를 아주 편안하게 받아들인다. 남편에게서 느껴지는 패배와 불운의 기운과 더 이상 싸우지 않아도 된다는 안도감이 걱정과 염려보다 우선이었다. 남편의 부재를 깨닫게 된 건 친구 아이의 돌잔치에서였고, 그들이 사는 아파트에서 여고생이 투신하자 그제야 상현이 정말 사라졌다는 걸 실감한다. 소설이 끝날 때까지 상현은 다시 등장하지 않는다. 두 사람이 살던 옛집 근처에서 은옥이 상현의 와이셔츠를 발견했을 뿐이다.

은옥이 주워 온 와이셔츠로 연을 만들어 날리는 장면을 납득하기가 영 어려웠다. 상현의 와이셔츠를 가져와 연을 만들어 날린다니 어쩌자고 이런 모호한, 조금 무책임하다고 느껴질 정도로 은유적인 결말을 맺은 것일까? 고개가 갸우뚱해지려는 순간 전신주에 실 끊어진 연처럼 붙어 있는 마지막 문장을 다시 읽었다. 〈은옥은 고개를 천천히 좌우로 돌리면서 혹시 바다에 빠진 조난자는 없는지 주의 깊게 살펴보았다.〉 그 문장은 내게 은옥이 연을 날리는 행위는 은유가 아니라는 것, 상현이 살아 있기를 바라는 은옥의 간절한 마음이라는 걸 알려 주었다.

소설을 쓰는 입장이다 보니 아무래도 내용을 따라가며 충실히 감정 이입을 하기보다 어떻게 이야기를 구성하고 끌고 갔는지에 더 주의를 기울이며 읽게 된다. 뒷짐 지고 멀찌감치 이야기를 바라보다가 내가 왜 그 이야기를 읽고 있는지 잊었던 모양이다. 그 순간 〈이건 이렇고 저건 저래서 저래〉 하고 집게손가락을 세워 든 채 요모조모 분석하던 자아가 털썩하고 주저앉았다.

무엇을 대하든 기본적인 자세는 역시 마음인가 보다. 어떤 일에 능숙해지면 마음을 놓쳐 버리는 일이 간혹 있다. 쓰레기를 줄이는 일도 다르지 않다. 분리수거를 하는 데는 분명 지식이 필요하다. 이건 이렇게 해서 저렇게 버려야 하고, 재활용이 되는 재질이라고 해서 다 수거가 되는 것도 아니고, 수거가 된다고 해서 다 재활용이 되는 것도 아니다. 미리 알아 둬야 할 정보가 제법 많다. 그래도 버리는 것이 아니라 〈누군가에게로 간다〉는 것만 잊지 않는다면, 분리수거가 이루어지는 현장에서도 나와 같은 〈사람〉이 일하고 있다는 감각을 잃지 않는다면 딱히 어려울 것은 없다. 내가 버리는 이 물건이 다른 누군가의 손에 들려 다른 물건이 될 수 있도록 내놓는다는 마음, 버리는 게 아니라 보낸다는 마음을 잊지 않으면 복잡하고 까다로운 분리수거도 문제 될 게 없다.

얼마 전 현수막으로 만든 가방과 폐플라스틱으로 만든 키 링을 선물로 받았다. 폐플라스틱으로 만든 점퍼나 핸드백, 폐그물로 만든 크루저 보드처럼 전혀 다른 제품으로 재탄생하는 것이 재활용이다. 최근에는 폐플라스틱으로 만든 휴대 전화 액세서리도 꽤 많이 나온다.

앞서 소개한 재사용의 경우에는 재공정 과정이 필요하지 않거나 제법 간단하다면 재활용의 경우에는 에너지가 많이 든다. 그 과정에서 환경을 오염시키는 물질이 배출될 수밖에 없다. 그러므로 일단 재사용이 재활용보다 우선이다. 잘 버리는 것보다 버리지 않는 편이 낫다.

나는 요즘 옷을 천으로 되돌리는 일을 취미 삼아 하고 있다. 직조(織造) 혹은 위빙weaving이라고 하는 천 만들기다. 이걸 하는 데는 재료를 구입할 필요가 없다. 일단 직조 틀이 필요한데 종이 상자로 만들 수 있다. 끝을 잘라 내거나 핀셋을 꽂으면 틀이 된다. 나는 얼마 전 선배가 보내 준 생선을 담아 온 스티로폼 상자를 거실 매트를 만들기 위한 위빙 틀로 사용하고 있다. 새 실을 사는 대신 안 입는 옷이나 모자의 올을 풀어 쓴다. 안 입는 옷이 줄어드니 좋고, 새로 생긴 위빙 작품들을 집 안 구석구석에 장식해 두니 색색의 천 조각이 포인트가 되어 다정다감한 분위기가 연출된다.

재활용이 되지 않는 빨대도 훌륭한 재료가 될 수 있다. 힘멜리himmeli라는 북유럽의 전통 공예품이 있다. 이듬해의 풍작을 기원하며 추수가 끝난 밀짚이나 보릿대로 만든 다면체 모양의 모빌 장식품이다. 빨대 안에 실을 넣어 다양한 모양의 힘멜리를 만들 수 있다. 도전해 보려고 빨대를 버리지 않고 모아 두고 있다. 최근에는 선캐처 만들기도 시도해 보았다. 선캐처는 햇빛을 반사해서 실내에 아름다운 빛과 색, 그림자의 변화를 만들어 준다. 아메리카 원주민의 풍수 아이템이라는데, 집 안에 좋은 기운을 불러들인다고 하고 인테리어 효과도 뛰어나다. 더 이상 쓰지 않는 액세서리들이 제법 훌륭한 재료가 된다. 색실에 매달아 밋밋

한 곳에 걸어 두면 오케이. 안 쓰는 에코 백에 오래된 점퍼나 조끼를 충전재로 넣어서 쿠션으로 활용하거나 가구를 리폼해서 쓰는 것도 환경을 지키면서 만드는 과정을 즐길 수 있는 멋진 취미다.

재활용의 기미가 전혀 보이지 않는 것들은 다른 사람이 재활용할 수 있도록 배턴 터치해 보자.

이제 정말로 버려야 하는 물건들, 아니 누군가에게 보내야 하는 물건들은 일단 깨끗이 씻는다. 오염 물질이 묻어 있으면 재활용이 되지 않으므로 음식물이 배어 버린 물건은 분리수거함이 아니라 종량제 봉투에 넣어야 한다. 음료를 마시고 난 팩이나 유리병, 플라스틱병을 깨끗이 씻는다. 재활용 공정이 자동화되어 있더라도 1차 과정에서는 사람의 손이 필요하다. 재활용품 선별장 작업자들이 손톱 무좀에 걸리는 건 우리가 제대로 씻지 않고 버리기 때문이다. 버리는 것이 아니라 〈누군가에게로 간다〉는 마음가짐으로 씻는다. 라벨이나 뚜껑, 다른 재질의 부품도 떼어 낸다. 그냥 설거지통에 넣어 두었다가 접시나 식기구와 함께 건조대에 넣어 두고 말리면 번거로움을 피할 수 있다. 종이 라벨이 떨어지지 않으면 물에 담가 불린다.

두 번째 팁은 같은 것끼리 모으기다. 팩은 팩끼리, 유리는 유리끼리, 플라스틱은 플라스틱끼리, 같은 재질끼리 모아서 분리수거함에 넣는다. 〈쓰레기를 나눠 배출한다〉기보다는 〈다시 사용할 수 있도록 원재료를 내놓는다〉는 마음가짐이라면 꽤 복잡한 분리수거의 팁들을 일일이 익히지 않아도 할 수 있을 것이다. 아무리 최상의 상태이고 분리수거가 가능한 재질이더라도 두 가지 이상이 섞인 것은 일단 재활용 불가다. 이렇게 서로 다른 재질이 섞여 있다면 둘 중 하나를 택한다. 비닐에 종이가 붙어 떨어지지 않으면 가위로 오려서 종이는 종량제 봉투에, 비닐은 재활용품 수거함으로 보낸다. 살 때 한 가지 재질로 된 물건을 구입하는 것도 환경을 생각하는 또 하나의 팁이다.

세 번째는 원재료들을 재활용할 수 있도록 적절한 장소를 찾아 주는 것이다. 집 앞에 분리수거해서 내놓는 것보다 더 적절한 장소들이 있다. 요즘은 분리수거를 마을 공동체에서 운영하는 경우도 있고, 주민 센터에 특정 재료들을 따로 모으는 수거함을 두기도 한다. 형광등이나 캔, 페트병은 이곳에 갖다 준다. 커피큐브(www.coffeecube.co.kr)는 원두 찌꺼기들이 환영받는 곳이다. 커피를 내리고 난 원두 찌꺼기를 모아 이곳에 보내면 커피박 화분, 연필을 저렴하게 구입할 수 있다.

넷째, 재활용된 물건들을 살 때는 그 또한 소비라는 점을 기억한다. 재활용한 물건을 구입하는 게 환경을 살리는 것과 동의어는 아니다. 『위장환경주의』의 저자 카트린 하르트만은 소비가 환경 파괴를 낳는다는 점을 강조한다. 착한 소비도, 녹색 소비도,

지속 가능한 소비도, 재활용된 물건을 사는 것도 분명 소비다. 사지 않아도 된다면 사지 않는 것을 우선으로 한다.

폐플라스틱으로 만든 점퍼와 이불을 세탁할 때마다 섬유에서 플라스틱 입자가 떨어져 나오는데, 미세 플라스틱이라고 불리는 이 입자는 그대로 바다로 흘러든다. 매년 153만 톤. 바다로 흘러드는 미세 플라스틱의 35퍼센트가 합성 섬유를 빨 때 떨어져 나온 것이라고 하니 우리가 옷과 이불을 빨지만 않아도 당장 3분의 1을 줄일 수 있다는 얘기다. 나는 이 이야기를 듣고 전보다 빨래하는 간격을 줄였다. 폐플라스틱으로 만들었으니 자연 보호를 한 셈이지 않느냐는 자기 합리화로 불필요한 옷이나 이불을 더 구입할 생각은 접어 두자. 생산과 소비를 줄이는 것이 기후 위기의 근본적인 원인을 막는 길이다. 우리가 지금 이렇게 지속 가능한 물품들에 열을 올리게 된 것은 지나친 개발과 생산, 소비의 굴레가 지구가 버틸 수 있는 속도를 넘어섰기 때문이라는 사실을 기억하자.

나는 주로 쓰는 물건을 재활용품으로 사용한다. 작가라서 다른 사람들보다 종이를 많이 쓴다. 아침에 일어나자마자 정오까지 집중해서 일하는데 작업량은 매일 A4 한 장 정도다. 하루 한 장의 종이는 꼭 쓰는 셈이다. 프린트 용지로는 재생지를 사용하고 있다. 전에는 수정할 때마다 매번 새로 출력해서 다시 보고 완성도가 조금이라도 높아지길 바랐다면, 요즘은 최소한으로 출력해서 종이 낭비를 줄이려고 한다. 일분일초가 급한 기후 위기의 시대를 살고 있으므로 우선순위를 바꿨다. 재생지는 환경 잡지사 〈작은것이 아름답다〉(www.jaga.or.kr)에서 구매한다. 백퍼센트 펄프 용지가 빛나는 흰색이라면 재생 용지는 연한 미색인데 눈이 훨씬 편하고 두께도 얇고 촉감도 더 편안하다. 이번 기회에 비품 담당자에게 제안해 사무실에서 쓰는 프린트 용지를 바꾸어 보면 어떨까. 이곳에서는 재생지로 만든 노트와 수첩, 연필도 함께 구매할 수 있다.

업그레이드와 리사이클링의 합성어인 업사이클링upcycling 바람이 곳곳에서 불고 있다. 버려진 물건에 디자인과 활용성을 더하여 가치를 높인 업사이클링은, 재활용을 하면서도 감각적 만족도가 높아지는 대신 만드는 데 에너지가 많이 든다. 기능성과 가치가 떨어지는 다운사이클링downcycling 쪽은 업사이클링 제품보다 훨씬 안 예쁘다. 하지만 왜 우리가 지금 이렇게 재활용을 하고 있는지를 떠올리면 지구의 온도가 정상화될 때까지만 미적 즐거움을 잠시 내려놓는 것도 나쁘지 않다. 프리사이클링precycling도 있다. 재활용이란 쓰레기를 배출한 뒤 사후 대처에 불과하니 아예 쓰레기를 만들지 않는 게 최선이라는 거다. 포장재를 사용하지 않은 제품만 판매하는 제로 웨이스트 매장이나 포장하지 않은 채로 살 수 있는 시장이 프리사이클링을 실천하고 있는 곳이다. 나는 시장 마니아다. 시장을 이용한 다음부터 포장재 분리수거에서 해방되었다(시장 만세!).

마지막은 재활용에 대한 관심을 청소 노동자들에게도 돌려 보는 것이다. 분리수거 차량이 밤에만 다니는 이유를 아는가. 낮에 분리수거 차량이 다니는 게 보기 좋지 않다는 민원 때문이라고 한다. L 사는 2021년 새해 벽두부터 청소 노동자들을 집단 해고했다. 만약 당신이 환경에 관심이 있다면 청소 노동자들의 처우에 대해서도 귀를 기울여 보자. 보이지 않는 곳에서 일하는 이들이 진짜로 없는 사람이라는 듯 안 보일 때 일하게 하고, 해고할 때는 1순위로 잘라 버리는 무례한 세계에 항의할 수 있다.

쓰레기를 제대로 버리는 일에 골몰하다가 아차 싶을 때가 있다. 내가 보지 못한 것이 보일 때다. 내가 버린 쓰레기가 다른 사람의 손으로 간다는 것을 깨달을 때다. 무심코 쳐다본 쓰레기통에 시선이 머문다. 전에는 급하게 고개를 돌렸던 쓰레기 더미를 유심히 보게 된다. 뚜껑이 달린 것들이 슬슬 의심스러워지기 시작한다. 보이지 않는다고 정말로 없어지는 게 아닌데 보고 싶지 않다고 보이지 않게 해놓아도, 보지 않아도 괜찮은 걸까.

내가 음식을 구하러 갈게

마사후미와 어떤 식으로 식사했더라, 하고 빵에 잼을 바르면서 생각해 보았지만, 아득히 먼 기억처럼 잘 떠오르지 않았다. 무엇을 먹었는지, 어떤 얘기를 나누었는지, 식탁에는 무엇이 차려져 있었는지. 아침 식사를 차렸던 기억만 어렴풋이 떠올랐다. 아침 식사와 함께 도시락을 만들었던 시기도 있었다. 겨울, 아직 어두운 주방에서 형광등 불빛 아래 요리 순서를 생각하며 다급하게 달걀을 굽고 채소를 볶았다. 겨우 떠올린 그 광경도 남의 일처럼 아련했다. 그리고 남의 일처럼 행복하게 느껴졌다. 그런 자신과 그런 생활이.

가쿠타 미쓰요, 『종이달』 중에서

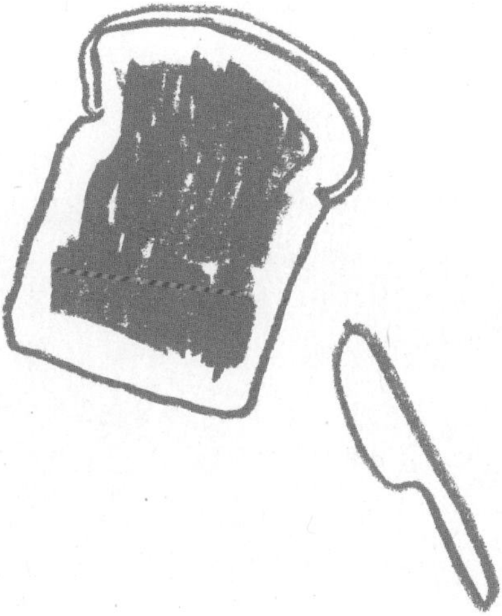

리카와 내연남 고타가 호텔 룸서비스로 미국식 아침 식사를 먹고 있다. 말을 나누지 않아도 쿡쿡 웃음이 터지는 즐거운 만찬이다. 남편인 마사후미와 함께한 식사 시간은 떠오르지 않는다. 혼자서 요리를 하던 순간만을 겨우 기억해 낼 수 있지만, 감정 이입은 좀처럼 되지 않는다.

『종이달』은 은행에서 시간제 사원으로 일하던 평범한 주부가 공금을 횡령하게 되는 이야기다. 리카는 은행에서 빼돌린 돈을 전부 젊은 애인인 고타와 사귀는 데 사용한다. 앞서 인용한 부분은 고급 호텔에서 고타와 식사를 하는 장면이다. 리카는 점차 허황된 세계로 빠져들고, 횡령 사실을 들켜 외국으로 도피한다. 나로서는 상상도 할 수 없는 어마어마한 일들이 일어나는데 그게 남의 일처럼 느껴지지 않았다. 자기 것이 아닌 돈을 쓰고 자기 사람이 아닌 사람과 만나며 자기가 아닌 이의 생활을 만끽하는 어리석음 속으로 푹푹 빠져드는 리카의 얼굴이 낯설지 않았다.

일본에서 종이달은 사진관에 만들어 달아 놓은 가짜 달로, 그 아래서 사진을 찍는 것이 유행이었다고 한다. 연인이나 가족과 함께 보낸 가장 행복한 한때를 의미한다는 제목을 달고 있는 이 소설은, 거짓말과 횡령으로 가능했던 리카와 고타의 연애담을 차분하게 들려준다. 그 상황에서 리카는 그런 자신이 남 같다고 느끼지 않고, 실제의 자신을 남처럼 느꼈다고 고백한다. 인간은 얼마나 어리석을 수 있는가 싶으면서도 리카를 비난할 수 없는 건 그게 우리 자신의 모습과 닮아 있기 때문이 아닐까. 진짜 행복을 느끼는 법을 잃어버리고, 지금 자기 자신의 모습을 싫어하고, 결국에는 스스로를 받아들일 수 없게 되어 버리는 것이다.

이렇게 식사 장면으로 글을 시작한 이유는 음식물 쓰레기 이야기를 꺼내기 위해서다. 음식물 쓰레기, 어떻게 줄일 수 있을까? 어떻게 버리는 것이 가장 환경에 도움이 될까?

일단 불필요한 구매를 줄인다. 아깝게 버리는 음식이 없도록 적절한 양을 사는 게 관건이다. 냉장고에서 자주 썩는 음식이 있다면 구매량을 조절한다. 로컬 푸드를 먹는 것도 탄소 발자국을 줄이는 좋은 방법이다. 되도록 가까운 지역에서 생산된 것을 구매하고 택배나 배달보다는 직접 가서 산다. 같은 음식이라면 포장이 덜 된 것을 고른다.

저장법도 다양하게 시도한다. 냉장과 냉동이 언제나 해답은 아니다. 무조건 냉장고에 넣기보다는 음식에 알맞은 저장 방법을 찾는다. 곡류와 견과류는 냉장 보관하면 오히려 발암 물질이 생성되기도 한다. 과일 상자에 신문지를 깔아 두고 감자나 고구마, 양파를 담아 베란다에 둔다. 그늘지고 바람이 잘 들면 오케이. 냉장 기능을 잘 활용하기 위해서는 냉장고 청소를 자주 하는 것이 좋다. 음식이 10퍼센트 증가하면 전기 소비량도 3.5퍼센트 늘어난다. 냉장고를 적절히 비우면 전기를 절약할 수 있다.

음식은 되도록 남기지 않는다. 외식할 때는 용기를 가지고 가서 남은 음식을 가지고 온다. 음식을 만들기 귀찮은 날에 요긴하게 이용할 수 있다. 나는 카레를 만들 때 소스는 소스대로, 건더기는 건더기대로 따로 만든다. 카레 소스에 들어가는 채소는 먹을 때마다 한 회 양만 따로 굽거나 볶으면 음식을 덜 낭비할 수 있다. 음식을 알뜰히 먹기 위한 조리법을 개발하는 것은 즐거운 일이다.

매년 음식물 생산량의 3분의 1에 해당하는 13억 톤이 음식물 쓰레기로 버려지고 있다고 한다. 그런데도 인류의 4분의 1은 굶고 있다. 내가 다 못 먹을 것 같은 음식을 이웃과 나누는 건 어떨까. 〈내가 음식을 구하러 갈게〉는 독일에서 활발하게 진행되고 있는 푸드 셰어링food sharing 프로젝트다. 빵집이나 슈퍼마켓, 식당에서 팔고 남은 음식을 나누는 이 프로젝트는 2012년에 시작되어 지금까지 2천5백 회 이상 지속되었다고 한다. 스웨덴과 영국에서는 앱을 이용해 어떤 레스토랑에서 남은 음식을 싸게 팔고 있는지 소비자들에게 알려 준다. 뉴욕에서는 음식물 쓰레기 박람회를 통해 쓰레기 처리 기술을 소개하고 쓰레기가 생기지 않는 요리 대회를 연다. 보스턴에서는 팔리지 않은 음식을 노숙인과 빈곤층에게 나눠 매달 14만 명이 넘는 사람들에게 무료로 음식을 제공한다.

그래도 남는 음식은 어떻게 할까? 나는 집에서 썩히기를 시도해 보았다. 화분에 흙을 담고 음식물을 묻어 베란다에 두었다. 파리가 꼬이지 않도록 양파 망으로 덮고 창가에서 볕도 쐬어 주었는데 구더기가 생기는 바람에 포기했다. 다른 방법을 모색하다가 등산하러 갔을 때 과일 껍질을 새 먹으라고 던져 두고 오던 것이 생각났다. 어차피 썩힌 뒤에는 자연으로 되돌릴 테니 음식물을 산에 묻으면 어떨까 싶었다.

음식물 쓰레기와 삽을 들고 근처 산으로 갔다. 혼자 살기 때문에 음식물 쓰레기 양이 그리 많지 않고 대부분 과일이나 채소 껍질같이 썩혀도 무방한 것들이었다. 삽질을 하는 게 좀 힘이 들었지만 다 묻고 나면 뿌듯했다. 흙투성이가 된 손을 약수터에서 씻고 집으로 돌아오는 길에는 쓰레기를 담았던 봉투에 산에 버려진 쓰레기를 담아 왔다. 봉지를 채우는 데 오래 걸릴 거라고 생각했지만 세상에, 몇 걸음 가지 않아 봉투는 금세 불룩해졌다. 평소 등산을 하러 갈 때는 푸른 나무 이파리와 각양각색의 꽃이 눈에 들어오고 부드러운 바람 소리와 반가운 새소리가 귓가에 들려왔다. 그런데 집게와 봉투를 들고 마주한 산의 구석구석은 비닐 조각, 휴지, 깨진 그릇투성이였다. 산에 쓰레기를 묻고 산의 쓰레기를 되가져오는 일을 꾸준히 계속하기로 마음먹었다.

그 일을 그만둔 것은 그로부터 몇 달 뒤, 〈산에 쓰레기를 버리지 마시오〉라는 표지판을 발견한 뒤였다. 표지판이 원래 있었는지 새로 생겼는지는 모르겠는데 그제야 보았다. 그동안 내가 산에 쓰레기를 무단 투기해 왔다는 것도 그제야 알았다. 발각되어 벌금을 물지 않은 게 다행이라면 다행이었다. 이후로는 다시 음식물 쓰레기를 규격 봉투에 담아 내놓게 되었지만, 내 손을 떠나는 순간에도 이미 상해 버린 음식물이 재활용된다는 사실이 찜찜했다. 그대로 바다에 버려서 물고기들을 먹이거나 재활용해서 가축들의 사료를 만드는 데 이용한다는 이야기를 들었는데 정말 그런 걸까? 만약 그렇다면 그래도 되는 걸까?

그러던 차에 친구가 음식물 쓰레기의 퇴비화에 성공했다는 소식을 들었다. 친구의 설명에 의하면 내가 썩히기에 실패한 이유는 음식물을 말리지 않아서 수분 조절이 안 되었기 때문이라고 했다. 그래서 다시 도전해 보는 중이다. 내가 가진 것은 우여곡절

실패담뿐이니 여기서는 친구의 성공담을 소개하는 것으로 대신한다.

준비물은 스티로폼 상자 둘. 하나는 음식물을 바로 넣어 두고 다른 하나는 퇴비로 숙성시키는 데 사용한다. 음식물 통에 넣기 전 물기가 많은 음식은 채반에 말려 두는 것이 좋다. 흙과 음식물을 3 대 1 비율로 넣어 뚜껑을 닫아 두고 하루에 한 번 정도 공기가 통할 수 있도록 저어 준다. 2주 뒤 다른 퇴비 함으로 옮기고 기존 퇴비 함에는 새로운 음식물을 넣어 다시 숙성시키는 과정을 반복하면 된다. 퇴비 함에 먼지를 넣어 두면 잘 썩고, 낙엽을 함께 썩히면 좋은 퇴비가 된다. 음식물 쓰레기가 흙으로 들어가면 냄새가 나지 않으니 걱정하지 않아도 된다. 퇴비 함은 입구가 넓은 게 좋다.

중국의 한 농업 과학 기술 회사에서는 바퀴벌레를 이용해 음식물 쓰레기를 처리한다. 건물의 1층에서 40억 마리의 바퀴벌레가 하루 2백 톤의 음식물을 먹고, 죽은 바퀴벌레와 알은 퇴비화해서 2층의 스마트팜에 뿌린다. 나는 바퀴벌레에 대한 편견 때문에 관련 글과 사진을 보고 눈살을 찌푸렸지만 실제로 이곳 농장의 상품 가치는 매우 높다고 한다.

그게 어떤 쓰레기이건 내놓지 않는 게 최선이라는 원칙에 따라 되도록 음식을 버리지 않는다. 일단 조금 모자란 듯이 차린다. 비단 쓰레기 문제 때문이 아니더라도 원래 음식은 조금 아쉬운

듯이 먹을 때 더 맛있다. 최근에 본 환경 다큐멘터리에서 과일이나 채소는 영양소가 대부분 껍질에 많다고 해서 슬슬 껍질 먹기를 시도해 보고 있다. 감이나 참외는 껍질째 먹어 보니 색다른 맛과 식감이 좋았다. 좀 이상하게 들릴 수도 있는데 마음이 너그러운 날에는 쇼핑을 할 때 일부러 상품 가치가 떨어지는 것을 골라올 때가 있다. 쓰레기가 되는 것을 막을 수 있으리라는 생각에서다.

쓰레기 매립과 소각 중에 나는 매립이 더 친환경적일 거라고 생각했었다. 자연스러운 것을 추구하기 때문에 소개팅조차 하지 않는 터라(그래서 10년째 혼자) 음식물 쓰레기도 자연스럽게 땅에서 썩히는 게 지구에 좋지 않을까 생각했다(그것은 엄청난 착각).

소각하면 쓰레기의 양은 97퍼센트까지 줄어든다. 소각재는 건축용 바닥재로 재활용이 가능하고, 소각할 때 발생하는 열에너지로 전기를 생산해 낼 수 있다. 소각 기술이 발전해 유해 물질이 배출되는 일도 거의 없다고 한다. 그런데도 한국의 소각률은 5.6퍼센트로 매우 낮다. 덴마크는 53퍼센트, 일본의 쓰레기 소각률은 80퍼센트 이상이라는데 왜 우리는 소각을 하지 않는 것일까? 소각장이 생기는 것을 주민들이 반대하기 때문이다. 소각장이 생기면 아무래도 지역 이미지에 좋을 리 없다고 생각하는 것이다. 일본에서는 소각장을 설치하기 위한 지속적인 설득 작업에 2년여를 들인다고 한다. 우리도 이제 슬슬 그 일을 시작해야 하지 않을까.

가장 슬픈 소식은 박숭현 한국 해양 과학 기술원 극지 연구소 박사에게서 들었다. 물범이 펭귄을 잡아먹고 있다는 이야기였다. 물범의 먹이가 되는 크릴을 인간들이 어획해 가니 순하디순한 물범이 펭귄을 공격해 목숨을 부지할 수밖에 없게 된 것이다. 〈인간은 크릴을 먹지 않아도 돼요, 바르지 않아도 됩니다. 크릴에 있는 오메가3는 우리가 이미 먹고 있는 김이나 미역에 충분히 있습니다.〉 남극 과학자가 남긴 메시지다.

우리가 먹을 것도 충분한데 물범의 것까지 탐내지 말자. 먹을 수 있을 만큼만 적당히 만들자. 남겨 버리게 되는 음식, 내가 구하러 가자!

오므라이스 달걀부침 두께에 관한 그들 각자의 입장

초조하게 할 말을 찾던 그에게 유키코가 먹는 오므라이스의 달걀부침이 눈에 들어왔다. 일본의 〈오므라이스〉 하면 연상되듯 얇거나 매끈하지 않고 프라이한 것처럼 두껍고 가장자리가 타들어 가 있었다. 어차피 일이 다 틀렸다고 낙담하는 가운데에서도 그 달걀의 형태가 신경 쓰였다.

그래서 그는 오므라이스가 왜 잘못되었는지, 돈 받고 팔기에는 왜 부당한지를 설명하기 시작했다. 생활비가 부족할 때마다 수십 가지의 달걀 요리로 남은 날들을 버텨 온 베테랑답게, 그의 논지는 어느 주제보다 생생하고 조리 있었다. 유키코는 가만히 듣고 있다가 종업원을 불러 음식을 다시 만들어 달라고 했다. 여태 문제가 있다고 해놓고는 막상 유키코가 그렇게 나오자 그는 당황했다. 종업원도 난처해하는 기색이 역력했다.

「그런 요청은 왜 하는 겁니까?」

「이런 달걀은 먹을 수가 없잖아요.」

「맛이 이상합니까?」

「아니, 미적으로 문제가 있습니다.」

김금희, 「마지막 이기성」 중에서

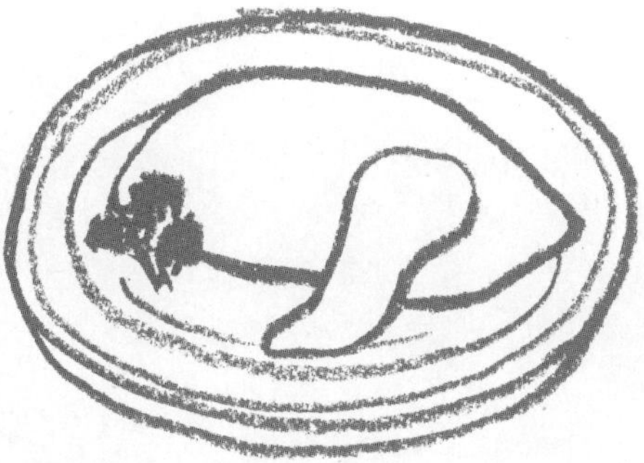

음식을 판단하는 기준은 아무래도 맛이지만 그 외에도 여러 가지 요소가 맛을 더하거나 빼기도 한다. 플레이팅에 신경을 쓰는 이유가 그것일 테다. 식당의 분위기도 분명 한몫한다. 인테리어가 취향에 맞고 기분 좋은 음악이 흘러나오면 어쩐지 소화가 더 잘 되는 것 같다. 반대의 경우도 있다. 익히 아는 음식인데도 선뜻 입에 들어가지 않는다. 불편한 상대와 밥을 먹는다면 소화시키기에 바빠 맛을 느낄 새도 없다. 눈을 감고 먹을 때와 뜨고 먹을 때 맛이 달라지는 경우도 있다. 보는 즐거움을 고려하지 않은 플레이팅이 달갑지 않지만 그냥 넘어간다. 아무리 음식 맛이 좋아도 청결 상태가 좋지 않은 식당이라면 망설이게 된다. 접시의 색깔이 식욕을 자극하거나 가라앉히기도 한다.

이기성과 유키코가 식사 중인 일본의 가스토 식당에서 이들의 접시 위에 놓인 오므라이스가 지닌 문제는 맛이 아니다. 이 오므라이스는 〈미적〉이지 않다. 이기성은 두께가 적절치 않고 끝부분이 탔기 때문에 식당에서 팔기에는 부당한 음식이라고 주장한다. 물론 그는 음식의 미적 상태에 대해 자기 의견을 피력했을 뿐 그래서 다른 음식으로 바꿔 줘야 한다고 여기지는 않았다. 그런데 유키코가 그렇게 한다. 음식점 종업원에게 오므라이스를 다시 만들어 달라고 요구한다. 정작 오므라이스가 잘못되었다고 말한 이기성은 당황한다. 종업원도 난처해한다.

세 사람이 제각기 다른 이유로 난감해진 이 상황에서 누가 맞고 틀린 것은 없다. 달걀 요리에 유독 민감하게 구는 이기성이 까다롭다고 여기는 이도 있을 것이고, 종업원에게 항의한 유키코가 눈치 없다고 말하는 사람도 있을 것이다. 주방장이 근사한 요리 실력을 갖추지 못한 게 문제의 근원이라고 여기는 이도 있을 것이고, 적절한 언변을 구사해 손님의 마음을 달래지 못한 종업원이 센스가 부족한 것이 아닌가 싶은 사람도 있을 테다.

오므라이스 달걀부침 두께 문제에 대해서 나는 좀처럼 감정을 이입할 수 없었는데 그 이유는 오므라이스에 있었다. 나는 달걀을 먹지 않는다. 이기성에게 오므라이스 달걀부침의 두께 문제가 중요했던 것처럼 나에게는 먹거리의 윤리 문제가 중요하기 때문이다. 인간이 닭을 사육하는 방식과 수정에서 산란에 이르는 과정이 부당하다고 여기기 때문이다. 나는 태어나면서부터 부리가 잘리고 밤낮없이 불을 밝혀 고문하듯 많은 모이를 먹이며 몸을 움직일 수 없는 케이지에서 고통스럽게 사육하는 과정에 문제가 있다고 여긴다.

그래서 이 소설의 장면을 슬쩍 바꿔 보았다. 이기성이 미적 문제를 거론하고 난 뒤 유키코가 종업원에게 오므라이스를 바꿔 달라고 요청하는데 그 이유가 바뀐다. 적정량의 모이를 먹고 마당에서 직접 햇볕을 받으며 자유롭게 몸을 움직일 수 있도록 방목한, 정상적으로 자란 닭이 낳은 달걀로 바꿔 달라고. 〈이 달걀은 먹을 수가 없잖아요. 윤리적으로 문제가 있습니다.〉

내가 육식에 대해 가장 크게 생각을 바꾸게 된 것은 네네츠족의 삶을 다룬 다큐멘터리를 본 이후였다. 그때 나는 「시간을 멈추는 소녀」라는 단편소설을 쓰는 중이었는데 가상의 부족인 게데투족에 대한 구상을 하는 동안 북극 툰드라 지역에 살고 있는 네네츠족에 대해 공부했다. 네네츠인들은 순록에게 의지해 유목 생활을 유지하고, 순록은 네네츠족에 의해 포식자들로부터 보호받으며 먹이가 있는 곳으로 안내받는다. 이 두 종의 삶은 매우 긴밀하게 연결되어 있어서 네네츠족은 〈순록이 없으면 우리도 없다〉고까지 말한다. 네네츠인의 식량은 순록이다. 그들은 순록의 살뿐만 아니라 혀, 내장, 피까지 버리는 것 하나 없이 모두 먹는다. 순록의 가죽으로 집을 짓고 옷도 해 입으니 의식주 생활을 모두 순록에게서 얻는 셈이다. 순록은 네네츠족에게 삶을 유지하는 데 필요한 거의 모든 것을 제공한다.

이들이 순록을 먹는 건 아주 자연스러워 보인다. 네네츠인들이 순록을 먹는 것과 우리가 닭과 돼지를 먹는 것을 똑같이 〈육식〉이라는 행위로 묶을 수 없다. 네네츠족은 순록을 죽여야 할 때가 오면 눈을 가리고 고통을 최소화하기 위해 한순간에 목숨을 끊는다. 장대에 순록의 머리를 달아 동쪽으로 향하게 하고 장례 의식을 치른다. 그러고 나면 순록의 모든 부위를 버리는 것 없이 먹는다. 감사를 잊지 않고 예의를 갖춘 과정을 거치고 난 뒤 되도록 많은 사람과 나누어 먹는다.

우리는 고기를 더 많이 얻기 위해서 축산업이라는 명목하에 동물들을 강간에 가까운 방식으로 인공 수정하고, 어미와 새끼를 잔인한 방식으로 갈라놓고, 움직일 수 없는 비좁은 공간에 가두어 살을 찌우고, 줄을 세운 채 가장 손쉬운 방법으로 대량 학살한다. 그뿐만 아니라 내가 먹고 싶은 부위만 골라 먹고, 다른 누군가가 끼니를 거르는 것은 잊은 채 포식한다.

나는 네네츠족과 순록의 삶을 알게 된 이후 〈육식이냐, 채식이냐〉의 논쟁은 그리 중요하지 않다는 걸 알게 되었다. 문제의 핵심은 그게 아니었다. 〈고기는 안 되고 생선은 괜찮아〉 혹은 〈생선도 달걀도 안 먹고 열매와 채소만 먹어〉 하는 식의 구분보다 중요한 건 우리의 식탁에 오른 그들이 〈어떻게 태어나서 어떻게 살다가 어떻게 죽었는가〉 하는 과정의 문제일 것이다. 우리가 자기도 모르는 사이에 잔인하고 폭력적인 방식으로 동물과 식물의 권리를 침해하고 있다는 것 말이다. 겉모양을 보기 좋게 만들기 위해 호박에 비닐 포장을 씌워 모두 똑같은 모양과 크기로 기르는 것이, 인공 수정사가 돼지의 생식기에 손을 넣어 강제로 임신시키고 태어나자마자 꼬리를 잘라 움직이지 못하도록 좁은 우리에 가두고 살을 찌운 뒤 세 살 때 도살하는(돼지는 원래 30년까지 산다) 것과 다를까?

나는 며칠 전 SNS를 통해 신설된 도로 아래에 깔린 나무 한 그루와 만났다. 나무는 아스팔트 도로에 짓눌린 채 괴사하고 있었다. 사육장에 갇힌 채 제대로 땅을 딛지 못해 늘 발이 부어 있는 개와 그 나무는 다르지 않았다.

나는 스파티필룸, 몬스테라, 보스턴고사리, 문샤인, 홍콩야자, 파키라와 함께 살고 있다. 식물들과 함께하면서 알게 된 사실은 사람이나 동물과 마찬가지로 식물에게도 애정과 관심이 필요하다는 거다. 스파티필룸이나 홍콩야자처럼 물과 햇볕, 바람만 있으면 쑥쑥 자라나는 생명력 강한 녀석들도 있고, 온도와 습도를 민감하게 맞춰 줘야 하는 까다로운 녀석들도 있다. 각자의 생태 조건이 다르지만 내가 식물을 기르면서 분명히 알게 된 것은 식물 역시 가장 좋은 환경에서 가장 행복한 삶을 산다는 것이다.

우리 집에서 가장 나이가 많은 스파티필룸은 어떤 조건에서도 살아남았다. 심지어 통풍이 전혀 되지 않는 화장실에서도 꿋꿋하게 버텼다. 창가에 놓아두면 흰 꽃을 피우고 풍성한 잎새를 내밀었다. 싱싱하게 뻗은 이파리의 기세를 보면 녀석이 〈창가가 가장 좋아〉라고 말하지 않아도 충분히 알 수 있었다. 〈나는 물을 좋아해〉라며 미소 짓지 않아도 금세 화분의 흙이 마르는 것을 보면 물을 더 마시고 싶다는 얘기를 들을 수 있었다.

다른 종을 기르는 경험은 인간 중심적 사고에서 벗어나는 데 큰 도움을 주었다. 나와 가장 친밀한 종인 반려 고양이 먼지는 아픈 고양이다. 선천적인 질환들로 운동을 하지 못하고 신경이 예민한 편이다. 다른 고양이들에 비해서 날렵하지 못한 대신 나와 감정 교류가 많다. 나는 먼지를 배려해서 갑작스러운 움직임이나 소리가 나지 않도록 조심하고 여간해선 외박을 하지 않는다. 먼지는 내가 가위에 눌리거나 늦잠을 자면 다가와 나를 깨운다. 나는 어린 시절 동물을 무서워했다. 그런 내가 동물을 함께 사는 종으로 인식하게 된 것은 먼지의 덕이 크다. 작은 소음에도 두려워하는 먼지를 보면, 등산을 할 때 사람들이 내는 소음이 야생 동물에게 엄청난 스트레스가 될 거라고 충분히 예상할 수 있다.

불과 몇 년 전을 떠올리면 이런 글을 쓰기가 무색할 정도로 나는 고기 마니아였다. 그동안 식습관을 바꾸기 위해 여러 시도를 거듭했다. 고기를 먹지 않아도 되는 지금 단계에 이르기까지 5년여의 시간이 필요했다. 먹지 않아서 허기지니 다시 먹고, 먹지 않아서 불행하니 다시 먹고, 먹지 않는 게 소외감을 느끼게 한다며 다시 먹는 단계를 거쳐 힘겹게 채식에 성공한 케이스다. 쌀, 콩, 감자, 고구마, 버섯, 상추, 사과, 호두 같은 것들로 하루를 살아 낼 영양분을 충분히 얻을 수 있다는 데 가장 놀란 것은 나 자신이다.

혹시나 이 글을 읽고 채식을 시도해 보고 싶은 사람이 있다면 차근차근 단계를 밟아 가라고 권하고 싶다. 다이어트 뒤에 찾아오는 요요처럼, 이상주의자인 나는 처음부터 〈고기는 절대 안 먹어〉 하고 현재 상태를 고려하지 않는 높은 목표를 세웠기 때문에 번번이 실패했다. 고기를 즐겨 먹던 사람이라면 일단 먹는 횟수를 줄이고 그다음에는 생선으로 대체한다. 고기 대신 생선에 익숙해진 다음에는 생선을 내려놓으면 된다. 생선도 같은 생명이라는 걸 인식하는 순간 멀리하게 될 것이다. 나는 오늘 아침에 오렌지와 상추, 해바라기씨에 올리브유와 소금, 설탕을 뿌려 먹었다. 전에는 힘을 내야 할 때 고기를 찾았다면 이제는 맵거나 신 음식을 먹는다.

식탁이 소박해지자 몸이 가벼워졌다. 마음도 가벼워졌다. 풍성한 식탁을 되돌려줄 테니 이전으로 돌아가라면 당연히 사양이다. 소박한 식탁의 기쁨은 고기 맛보다 강하다.

지구를 살리는 만트라

그는 주변을 둘러싼 벽과 바깥 거리의 불빛을 가리켰다.「이 모든 건 우리가 만든 거잖아요. 누구도 대답하지 못하는 질문은 바로 이거겠죠. 우리가 건설하기 전에 이곳에는 무엇이 있었는가?」
「항상 이곳에 있었다네.」 의사가 말했다.「벽돌이나 대들보 하나하나를 말하는 것이 아니라, 그 이전에도 같은 구조체가 존재했다는 걸세. 자네도 시간에 시작이나 끝이 없다는 사실은 받아들이고 있겠지. 도시 또한 시간 그 자체만큼이나 오래되었고, 그만큼 오래 계속될걸세.」
「누군가 첫 벽돌을 놓은 사람이 있을 것 아닙니까?」 M이 주장했다.「〈주춧돌〉을 놓은 사람이 있을 거라고요.」
「미신일세. 그런 걸 믿는 건 과학자들뿐이고, 심지어 그들조차도 거기에 큰 의미를 부여하지 않지. (……)」

제임스 그레이엄 밸러드,「수용소 도시」 중에서

나는 조명이 어두운 공간을 선호한다. 좋아하는 음식점이나 카페의 인테리어는 블랙 계열의 약간 차가운 느낌이다. 공간이 널찍하고 천장이 높으며 사람이 몰리지 않는 곳이 좋다. 좋아하는 소설들도 블루 계열이다. 퍼트리샤 하이스미스, 존 치버, 제임스 그레이엄 밸러드와 필립 K. 딕의 소설들에 깊이 매료되었다. 약간의 신경증적 분위기와 착란 같은 요소도 즐겨 읽는 편이다. 제임스 그레이엄 밸러드는 대체로 극단적이다. 상황을 극한으로 끌고 가 독자에게 강렬한 경험을 선사하고 사유하게 하는 힘이 그에게 있다.

「수용소 도시」는 밸러드가 그린 도시의 미래다. 고층 건물이 사방으로 펼쳐진 형태의 도시는 수용소를 닮았다. 바깥이 없기 때문이다. 〈도시가 사방으로 아무런 한계 없이 뻗어 있는〉 도시

지옥, 〈3천 층을 올라가는 데 10분밖에 안 걸리는〉 초고층 건물 지옥이다. 화학과 대학생인 M은 비행 기계를 만들기 위해 자유로운 공간을 찾으려 하지만 범죄자나 정신 이상자 취급을 받을 뿐이다. 건물로 둘러싸인 도시의 사람들은 사방이 트인 공간을 상상하지 못한다. 미래의 도시에서 과학의 임무는 〈존재하는 지식을 보완하고, 과거의 발견을 체계화하고 재해석하는〉 것이다. 도시 바깥이 없다는 사실보다 더 무서운 것은 도시 바깥을 상상할 수 없다는 점이다. 도시에 인간이 사는 게 아니라 인간이 있는 도시가 살고 있는지도 모른다.

유현준 건축가의 『공간의 미래』에 따르면 도시화 비율이 80퍼센트 이상이면 도시화가 완성된 거라고 한다. 한국의 도시화 비율은 91퍼센트라고 하니 대부분의 인구가 도시에 살고 있는 셈이다. 저자는 도시로의 인구 이동이 완성을 넘어선 단계이며, 지난 50년간 녹지를 택지로 만드는 일을 했다면 이제 택지를 녹지로 만들어야 한다고 말한다. 시골 마을을 아파트 단지로 바꿀 게 아니라 자연 녹지를 회복할 단계라는 것이다. 인구가 밀집된 지역과 생태계 그대로인 곳을 분명히 나누어 개발하자는 것이다.

서울 시립 미술관에서는 2021년 6월 8일부터 8월 8일까지 〈기후 미술관: 우리 집의 생애〉라는 전시를 열었다. 전시는 총 세 개의 집으로 구성되었다. 〈비극의 오이코스〉에서는 기후 위기로 죽어 가는 지구의 생태계를, 〈집의 체계: 짓는 집-부수는 집〉에서는 살림집과 일상생활에 사용되는 사물의 생애 주기를, 〈B-플렉스〉에서는 나비, 벌, 새의 생존을 돕는 집을 전시했다.

가장 눈길을 끈 전시물은 인간이 일상생활에서 배출하는 쓰레기들을 부유하는 영상으로 흘려보내는 거대한 화면이었다. 세계 탄소 배출량의 40퍼센트가 건설 산업에서 나온다. 집에서 사용하는 가전제품들, 또 집에서 내보낸 일회용 플라스틱들을 그곳에서 만나는 기분은 마르셀 뒤샹의 변기가 전시회에 놓였을 때의 충격과 비슷하지 않았을까 싶다. 누군가 내가 사는 집을 그대로 내놓은 듯 얼굴이 달아오르게 만들었다. 인간에게는 소중한 보금자리가, 인간의 삶을 윤택하고 편리하게 해주는 발달된 문명이 다른 생물들에게는 죽음을 뜻했다.

인간이 살아가는 데 가장 많이 사용하는 것은 물이다. 그런데 내가 제로 웨이스트를 실천하면서 가장 신경을 덜 쓰고 있었던 것도 물이었다. 스트레스를 푼다면서 물을 펑펑 틀어 놓고 샤워하는 습관을 고치는 게 쉽지 않았고, 버튼만 내리면 쉽게 오물을 버릴 수 있는데 하수구 오염을 줄인다고 변기를 개조할 엄두가 나지 않았다. 이유는 간단하다. 하수 처리 시설이 눈에 보이지 않기 때문이다. 저녁마다 집 앞에 쌓여 있는 거대한 쓰레기 더미는 생생하게 그 부피와 질량을 눈으로 확인할 수 있지만 물을 통해 흘려보내는 쓰레기들은 보이지 않는 곳, 땅 아래로 깊숙이 흘러들어 간다. 내가 얼마만큼 버렸는지 가늠이 되지 않는다.

최초의 하수구가 설치된 것은 1880년의 미국이었다. 이때는 오물을 정화 처리하지 않고 그대로 미시시피강으로 흘려 내보냈다. 그 결과 1926년에는 근방의 하류 64킬로미터 이내의 물고기가 대부분 죽고 단 세 마리만이 살아남았다. 그리하여 하수 처리 시설이 가동되기 시작한 게 1938년의 일이니 그리 오래된 이야기가 아니다.

나는 물을 아끼기 위해 두 가지 실천을 하고 있다. 화학 제품 쓰지 않기와 세숫대야의 사용이다. 세정을 위한 화학 제품은 일절 사용하지 않는다. 우리 집에는 세탁기가 없다. 빨래는 과산화나트륨을 섞은 물에 담갔다가 손빨래를 하고, 청소할 때는 세제 대신 EM 용액을 사용한다. 물로 희석해서 설거지와 걸레질을 할 때 사용한다. 미생물을 이용한 EM으로 청소를 하면 살균 효과가 지속된다. 탈취 효과도 상당하다. 나는 고양이와 함께 살기 때문에 아로마 오일 같은 방향 제품을 사용할 수 없는데(인간에게는 위안이 되는 이 향기가 고양이에게는 악취이자 간에도 안 좋다고 한다) EM 용액을 뿌리면 향을 덧씌우는 게 아니라 아예 냄새가 사라진다. EM 용액은 주민 센터에서 한 달에 한 번 무료로 나누어 주니 인근의 센터에서 EM 용액을 나눠 주는 날짜를 알아 두자.

비누는 직접 만들어 쓰고 있다. 을지로의 방산 시장에 가면 비누 원료인 소프 누들을 1킬로그램에 6천 원 정도면 살 수 있다. 소프 누들로 비누를 만드는 과정은 똥손도 따라 할 수 있을 정도로 간단하다. 정제수와 섞어서 밀가루 반죽을 하는 것처럼 조몰락거려 원하는 모양을 만들어 굳히면 끝이다. 아로마 오일을 떨어뜨려 향을 첨가하는 것은 취향의 문제다.

나는 쓰고 난 종이컵을 모아 두었다가 소프 누들을 붓고 먹다 남은 맥주를 섞어 젓가락으로 휘젓는다. 소프 누들이 적당히 녹으면 꾹꾹 눌러서 종이컵 윗부분을 접어 입구를 잘 막아 준다. 그늘에 이삼일 뒀다가 딱딱하게 굳었을 때 종이를 벗겨 내면 비누가 완성된다. 전혀 어렵지 않다. 나는 거품이 잘 난다는 이유로 맥주를 선호하는데 맥주가 없을 때는 화이트와인으로도 만들고 소주나 청주로도 가능하다. 소주 공장에서 일하는 이들은 피부가 곱고 맥주 공장에서 일하는 이들은 머릿결이 풍성하다는 이야기를 들어 보았는가? 먹다 남은 술은 비누 제조를 위해 스파게티 소스병에 담아 두자. 그렇게 해서 만든 비누로 손도 씻고 세수도 하고 샤워나 목욕도 한다.

머리는 베이킹파우더로 감고 린스 대신 식초를 탄 물을 사용한다. 물과 식초를 9 대 1 비율로 섞어서 분무했다가 씻어 낸다. 로즈메리 잎을 식초에 담갔다가 사용하면 더 향긋한 린스가 된다.

손을 씻거나 세수를 할 때는 대야를 사용한다. 수도꼭지를 틀어 두고 흘려보내는 물이 절약된다. 귀차니즘 때문에 그냥 수도

꼭지를 열게 되는 일을 줄이려고 좋아하는 소재인 나무 대야를 사용하고 있다. 나무의 촉감을 즐길 수 있어 한 번이라도 더 손이 간다.

집에서 사용하는 사물의 생애 주기를 줄이는 팁은 신제품의 유혹을 견디는 것이다. 세이렌의 노랫소리에 바다로 뛰어들지 않기 위해 자신의 몸을 밧줄로 묶은 오디세우스처럼 가전제품의 업그레이드를 보면서도 사지 않는 것이다.

나는 산 지 10년이 넘은 진공청소기를 사용하고 있는데, 최신 제품과 비교하면 언뜻 골동품처럼 보인다. 이쯤 되면 디자인이 아름답고 사양이 훨씬 좋은 새 제품으로 바꿀 때가 되었나 싶지만, 청소기는 여전히 쓰레기를 빨아들이는 제 역할을 성실히 해내고 있다. 그렇다면 답은 간단하다. 최신형 청소기는 〈내 것이 아니다〉. 이 글을 쓰는 지금도 새 청소기가 눈에 아른거리지만 (게다가 가격대도 낮아서 사는 데 아무런 부담이 없지만) 그럼에도 불구하고 여전히 아니다. 그것은 내 것이 아니다.

냉장고는 사용하지 않는다. 친구가 쓰던 냉장고를 받기로 했는데 그 일이 미뤄지는 바람에 한동안 냉장고 없이 지냈다. 그런데 별로 불편하지 않아서 계속 그렇게 살게 되었다. 소음에 민감한 편인데 냉장고의 소음을 듣지 않아도 되니 오히려 몸이 편안해하는 걸 느꼈다. 그렇게 5년째 냉장고 없이 살고 있다. 식자재를 따로 저장해 두지 않고 그날 먹을 분량을 사서 그날 먹을 분량을 요리해 먹는다. 그날 먹을 양식만 걱정해도 된다는 것은 삶에 큰 변화를 가져온다. 미래에 대한 불필요한 염려가 사라지고 그저 오늘을 즐기게 된다.

에어컨은 당연히 없고 제습기도 없다. 다양한 제습기를 직접 만들어 보았다. 솔방울, 숯, 베이킹파우더, 소금……. 이 중 가장 효율이 좋았던 제습 방법은 얼음을 이용한 경우였다. 페트병에 얼음을 얼린다. 넓은 그릇을 받쳐 주고 망을 올린 뒤 그 위에 얼린 페트병을 올려 둔다. 그러면 페트병에 물방울이 맺히면서 그릇에 흘러내리기 시작하는데 상당한 양의 제습이 가능하다.

꼭 냉장고가 아니더라도 필요하지 않은 것을 굳이 가지느라 불편하진 않은지 체크해 보자. 내려놓는 만큼 집은 더 넓어진다. 지난달에는 굳이 식기 건조대를 둘 필요가 없다는 글을 읽고 이거다 싶어 시도해 보았다. 식기를 건조대에 널어놓지 않고 바로 행주로 닦으면 오케이. 싱크대의 3분의 1이 넓어져서 오히려 더 편했다. 기존의 사물들이 내게 정말 필요한지 반문하라. 당신은 더 넓은 공간에서 더 여유로워질 것이다.

인간이 물 다음으로 많이 소비하는 것은 콘크리트로, 매년 백억 톤이 생산된다고 한다. 인간은 콘크리트로 된 건물에서 태어나 콘크리트로 된 집에서 살다가 콘크리트로 된 길을 걷고 콘크리트로 된 다리를 건너 콘크리트로 된 또 다른 건물로 이동한다. 콘크리트는 제조 과정에서 전 세계 공업용수 생산량의 10퍼센트를 사용하고, 전 세계 이산화탄소 배출량의 4~8퍼센트를 차지하며, 먼지로 인해 호흡기 질환을 유발한다. 태양열을 흡수하고 방출하는 동안 열섬 효과를 일으키기도 한다.

건축 쓰레기의 양은 상당하다. 하루 평균 1996년 2만 8425톤, 2000년 7만 8777톤, 2004년 14만 8489톤, 2013년 18만 8489톤으로 급속도로 늘고 있는 실정이다. 건설 폐기물의 주된 구성 물질인 시멘트에 함유된 중금속 가운데 환경 호르몬으로 알려진 육가 크로뮴은 발암 물질이다. 알레르기와 피부염을 유발하고 아토피성 질환을 악화시키며 장기에 심각한 문제를 일으킨다. 2023년이면 골재 자원은 고갈된다.

그 와중에 버려진 화물 컨테이너로 집을 짓는다는 발상이 반갑다. 스위스의 프라이탁 플래그십 스토어, 대만의 스타벅스가 그 시작이다. 한국에도 복합 문화 공간인 논현동의 에스제이쿤스트할레, 자양동의 커먼그라운드, 서울숲 언더스탠드에비뉴 등 폐컨테이너를 이용한 복합 공간들이 들어서고 있다.

고도로 발전된 인간 문명은 이미 다른 생물들에게 지나친 폐해를 끼치고 있다. 우리의 삶이 머리부터 발끝까지 잘못되었다고 하니 대체 무엇부터 해야 할지 모르겠다면 새로운 버전의 제품 구매를 멈추는 것부터 시작하자. 새로운 전자 제품이 당신을 유혹할 때 마음속으로 주문을 외우자. 그것은 내 것이 아니다. 이미 내가 갖고 있는, 슬슬 골동품을 닮아 가는 구식의 사물들이 얼마나 사랑스러운지를 기억하자. 그것은 내 것이 아니다. 지구를 살리는 만트라를 기억하자. 그것은, 내 것이, 아니다.

Part 3
내 인생의 초록색 코트

도로에 다이어트가 필요하다

집에 들어온 남자는 아내에게 자신의 귀가를 알렸다. 돌아오는 대답이 없자, 그는 욕실에 들어가 간단히 찬물로 샤워했다. 수건으로 몸의 물기를 닦고 안방으로 들어갔다. 아내는 벌거벗은 채로 낮잠을 자고 있었다. 생각지도 못한 모습에 조금 당황스러웠지만, 웃음이 났다.
더우면 옷을 벗는 잠버릇이라도 있었나.
정오의 햇빛이 여과 없이 아내의 몸으로 들어왔다. 아내의 가슴은 조금씩 처지고 있었다. 그런 건 아무런 문제도 되지 않았다.

나푸름, 「로드킬」 중에서

나푸름의 「로드킬」을 읽는 동안 정체되고 후덥지근한 공기 속에서 꼼짝도 못 하는 기분이 들었다. 아내가 부정을 저지름으로써 살인과 폭력으로 치닫는 파국적인 결말은 꽤 익숙한 플롯인데, 남자가 살인을 저지르게 되는 과정에 공감할 수밖에 없는 어떤 무력한 지점이 있었다. 이 소설은 한편으로는 〈아내가 바람을 피운다〉는 정보를 주면서 동시에 〈아내는 도덕적인 여자다〉라는 구절을 반복한다. 이 문장이 등장할 때마다 현실을 그대로 받아들일 수 없어서 기억을 조작해야 하는 남자의 심경이 그대로 전해졌다. 함께 공존할 수 없는 두 개의 문장은 서서히 남자의 세계를 무너뜨리고 만다. 남자는 현실을 버리고 강박을 택한다.

앞서 인용한 문장은 이 소설에서 가장 가슴 아픈 부분이다. 남자가 유일하게 웃는 장면이기도 하다. 그가 현실을 인정할 수 없어서 내내 괴로웠던 것처럼 그가 웃는 이유도 현실에서 기인한 것이 아니다. 잠깐 설명을 덧붙이자면 그는 과거에 아내가 외도를 한 후 그대로 옷을 벗고 잠든 장면을 발견함으로써 바람피운 사실을 알게 되었다. 그런데 이번에는 아내가 옷을 벗고 잠든 장면을 목격했는데 바람피운 정황은 발견되지 않은 것이다. 그는 기억을 조작하고 현실을 거부할 기회를 한 번 더 얻게 된다. 마침내 〈아내는 도덕적인 여자〉가 된다.

소설의 제목인 〈로드킬〉은 아내의 정부를 유인해 사고사인 것처럼 위장한 살인에 대한 은유다. 소설 속에는 두 번의 로드킬이 등장한다. 첫 번째 로드킬은 계획적이다. 남자는 사고사로 위장해 도로 위에서 아내의 정부를 로드킬한다. 두 번째 로드킬에는 의도가 없다. 이미 죽은 동물의 사체를 한 번 더 로드킬한다. 〈분명한 사실은 그로 인해 남자가 죄책감을 느낄 일은 없으리란 것이었다〉. 그저 〈재수 없는 일을 당했〉을 뿐이었다. 여기서 잠깐 브레이크를 걸어 본다. 정말 그럴까? 도로 위에서 일어나는 로드킬은 우리가 죄책감을 느낄 필요가 없는 일일까? 우리와 연루되지 않은, 운이 없는 사고일 뿐일까?

나는 소설을 의도적으로 바꿔 읽어 보려고 한다. 이번에는 두 번째 로드킬을 핵심에 두고 이야기를 뒤섞어 보겠다. 남자는 사실 여자의 불륜에 관심이 없다. 남자를 괴롭히는 것은 두 번째 로드킬이다. 그는 자기도 모르게, 그러나 우리 모두가 그렇듯이 우리가 건설한 문명의 발달에 연루되어 생명을 죽였다. 의식적인 차원에서 그는 그게 어쩌다 일어날 수도 있는 불운에 불과하다고 생각한다. 무의식적인 차원에서는 자신의 죄를 분명히 자각하고 있다.

첫 번째 로드킬에서 그에게는 가정을 지키기 위함이라는 명분이 있다. 두 번째 로드킬에서 그는 자기가 무엇을 위해서 그래야 했는지, 왜 그랬는지도 모른다. 그래서 더 고통스럽다. 거기에는 의도나 계획이 없다. 그 대가로 얻은 이익도 없다. 그런데도 다른 생명을 죽여야 했다. 그러므로 그를 착란으로 끌고 간 더 중대한 사건은 두 번째 로드킬이다. 그는 아내의 울음소리를 통해 자신이 도로 위에서 죽인 동물의 울음을 듣는다.

2021년 기준으로 한국의 총 도로 길이는 11만3405킬로미터. 국립 생태원의 최태원 박사는 우리가 어딜 가든 1킬로미터를 지날 때마다 도로를 하나씩 만난다고 말한다. 차를 가진 인간들이야 도로가 많으면 많을수록 편리하겠지만 동물들에게는 삶의 제약을 넘어서 죽음의 덫이 1킬로미터 간격으로 나타난다는 뜻이다. 도로를 만들 때 동물을 배려하지 못하고 오직 인간의 기준에서 설계한 까닭이다.

동물들은 저마다 움직이는 영역이 다르다. 너구리나 고라니 같은 동물들은 1제곱킬로미터, 삵은 3~5제곱킬로미터, 담비는

20~60제곱킬로미터다. 많이 움직여야 하는 동물들은 그만큼 더 많은 도로를 만난다. 그만큼 더 많은 위험에 노출된다. 도로를 건너다가 멸종 위기에 처한다.

호랑이, 늑대, 표범은 자동차가 달려올 때 본능적으로 자동차 전조등 앞으로 돌진한다. 야행성인 사슴과 동물들은 어둠에 익숙해져 있어서 자동차 불빛에 순간적으로 시력을 잃는다. 토끼나 주머니쥐, 다람쥐는 위험에 처하면 꼼짝을 하지 않는다. 포식자로부터 도망치거나 발견되지 않도록 하는 본능이 인간이 운전하는 자동차를 만나면 무참한 사고를 발생시킨다. 까치는 키 큰 나무의 꼭대기를 옮겨 다니는 종이므로 도로에서 사고를 당하는 비율이 낮지만, 어린 꿩들은 높이 날지 못하기 때문에 까치보다 20배나 사고를 많이 당한다. 개구리는 비 오는 날 도로 위에 생긴 웅덩이를 찾아서, 능구렁이는 아스팔트의 온기에 몸을 데우기 위해 도로로 올라왔다가 무참히 죽임을 당한다.

동물마다 로드킬이 잦은 시기가 있다. 너구리는 봄철에 태어난 새끼가 성장해서 새로운 영역으로 분산할 시기인 가을철에 로드킬이 집중적으로 일어난다. 고라니의 경우에는 5월에 로드킬이 집중된다. 마찬가지로 새끼들의 분산이 이루어지는 시기다. 동물들이 위험에 처하는 시간대도 각기 다르다. 저녁 7~8시는 고라니와 너구리가 가장 활발하게 활동하는 시간이므로 해질 녘에는 도로 주행 시에 더욱 조심해야 한다. 각 동물의 특징을 알아 두면 사고에 대비할 수도 있다.

스파이크 칼슨의 『동네 한 바퀴 생활 인문학』에서 나는 『썩은 내 나는 게 있어요: 로드킬에 대한 새로운 시각*Something Rotten: A Fresh Look at Roadkill*』의 저자 헤더 몽고메리를 만났다. 그는 인간 운전자들에게 운전 시간대를 조정할 것, 어쩔 수 없다면 속도를 줄일 것, 로드킬 사고가 자주 발생하는 곳을 눈여겨봐 둘 것을 조언한다. 그리고 차창 밖으로 물건을 버리지 말라고 한다. 우리가 버린 음식물이 동물들을 도로로 유인한다는 것이다. 음식물은 쥐를 부르고, 쥐는 여우를, 다시 올빼미를 부르는 식이다. 도로 위에 죽어 있는 동물을 보고 다른 동물이 오는 경우도 있으니 사체를 발견하면 치우자. 헤더는 운전 시에는 도로 위의 사체를 치우기 위해 라텍스 장갑을 가지고 다닌다.

미국 말린턴에서는 매년 로드킬을 당한 동물을 재료로 한 〈웨스트버지니아주 로드킬 요리 경연 대회〉가 열린다. 나는 이 소식을 듣고 좀 당황했다. 도로에서 희생당한 동물들의 죽음에 고개를 숙이지는 못할지언정 사체를 먹는다니 어떻게 이해해야 할지 잠시 곤란했다. 조금 더 생각해 보니 그건 지극히 습관적인 사고였다. 엄연히 살아 숨 쉬는 동물들을 도살하여 육류를 먹는 행위가 로드킬당한 동물들을 먹는 것보다 더 나은가? 단지 도살된 고기에 익숙해져 있을 뿐 아무런 이유를 찾을 수 없었다. 뉴욕에서는 사슴의 사체를 퇴비로 사용하고, 앨라배마주 남부에서는 파충류의 먹이로 주기도 한다. 매사추세츠주에는 여우, 곰, 너구리의 모피로 목도리를 만드는 〈평화의 모피〉가 설립되었다.

우선시해야 할 것은 물론 야생 동물들의 사고를 예방하는 일일 것이다. 도로를 운전할 때는 적정 속도를 유지하자. 도로 근처에 야생 동물에게 경고가 되는 센서를 부착하고, 울타리와 횡단 구조물, 생태 통로를 설치하자. 도로를 새로 내는 일을 재고하자. 무엇보다 야생 동물 구역을 침해하지 말자. 인간의 편의를 위해 숲을 깎아 내거나 케이블카와 같은 인공 구조물을 설치하는 일에 반대하는 서명이나 캠페인에 적극 참여하자. 생태 통로가 필요한 지점이 있다면 생태 통로 네트워크(www.nie-ecobank.kr/wildlifecrossing)에 신청할 수 있다. 차들이 다니는 도로는 넓고 인간이 걷는 보행로가 좁다는 사실에 주목하자. 다이어트가 필요한 것은 여성의 몸이 아니라 도로다.

도로에서 배려받지 못하는 사람들이 있다. 우리는 매일 편리하게 주문 버튼만 누르면 한 끼 식사를 해결할 수 있게 되었는데 그 덕분에 배달 노동자들은 사지로 몰린다. 누군가 안방에 앉아 식당에서 먹을 때와 같은 신선도의 음식을 먹기 위해서 누군가는 목숨을 걸고 속력을 내어 도로를 달려야 하는 것이다. 신호를 지키면 배달이 늦고, 배달이 늦으면 음식은 취소된다. 취소된 음식을 변상하는 것은 배달 노동자의 몫이다.

사고가 나도 전적으로 배달 노동자의 몫이다. 산업 재해 사망의 40퍼센트가 배달 사고라는데, 회사는 사고에 관한 어떤 책임도 지지 않는다는 계약서 조항에 동의하지 않으면 배달 일을 시작할 수도 없다. 우리가 아무렇지 않게 누리는 배달 식사의 편의는 배달 노동자의 죽음에 연루되어 있다.

2021년 음식 서비스 거래액은 25조 6847억 원으로, 전년보다 48.2퍼센트 증가했다. 배달 앱 월 사용자 수는 약 2천8백만 명으로 국민 두 명 중 한 명이 사용하고 있는 셈이라고 한다. 배달의민족과 요기요, 쿠팡이츠는 배달에 필요한 일회용품 플라스틱을 판매하는 이익도 함께 챙겼으니 일회용 쓰레기 문제에서도 책임감을 더불어 보여 줘야 할 것이다.

나는 외출을 할 때 음식을 담기 위한 용기 두 개, 텀블러 하나, 한 번 쓰고 닦아서 말린 비닐봉지 두어 개와 돌돌 말아 부피를 작게 만든 에코 백 하나를 늘 갖고 다닌다. 직접 요리를 하기 어려운 날에는 용기를 가지고 가서 음식을 포장해 온다. 용기를 가지고 다니는 일은 비닐봉지 재사용이나 에코 백 사용보다 불편하다. 일단 부피를 차지하기 때문에 가방을 가지고 다녀야 한다는 점이 다른 제로 웨이스트 실천보다 〈용기 내 챌린지〉를 늦게 시작한 이유였다.

첫 시작은 반찬 통이었다. 아무래도 반찬 통은 부피가 작으니 점심을 먹으러 갈 때 가방에 쏙 넣어 가면 별 부담이 되지 않았다.

남은 반찬을 담아 와서 다음 식사 때 먹으니 쓰레기도 줄이고 요리하는 수고까지 덜 수 있어 만족스러웠다. 작은 반찬 통 가지고 다니기에 성공한 뒤 부피가 큰 포장 용기에 도전했다. 처음에는 가방을 메고 다녀야 하는 불편함 때문에 꺼렸는데 이제는 기꺼이 가방에 두 개씩 넣어 가지고 다닌다. 포장 용기에 담긴 음식을 사면서 느끼는 죄책감보다 부피가 있는 가방을 들고 다니는 불편함 쪽이 훨씬 마음에 든다.

먹거리 외에는 소비하는 일이 거의 없다. 사는 것보다 버리는 데 시간을 더 들인다. 공짜라는 이유로 필요 없는 것을 이용하지 않는다. 가능한 한 걷는다. 걷기가 어려우면 자전거나 킥보드를 이용하고, 먼 거리는 버스나 지하철을 탄다. 웬만하면 이동 거리를 줄인다. 에어컨이 없는 후덥지근한 집에서 선풍기를 틀어 놓고 낮잠을 잔다. 움직이지 않으면 확실히 덜 덥다. 찬물 샤워를 하고 나면 버틸 만하다. 올여름은 건강이 허락하는 한도 내에서 덥게 보내겠다.

7퍼센트 소설 스낵, 취향 맞춤 버블 필터

그러니 선물을 꾸나에게 보내는 것보다 그 과정을 하나하나 사진과 동영상으로 기록해 아기자기 카페에 올리는 과정에 더 공을 들이게 되는 것은 자연스러운 일이라고 할 수 있었다. 그렇지만 이 사실을 의식하게 되자 기다림 자체보다 이 기다림을 전시하는 일에 내가 중독되고 있음을 인정하지 않을 수 없게 되었고, 이 깨달음이 꾸나에게 미안한 마음으로 바뀌었으며, 미안한 마음을 보상하느라 더욱 선물에 공을 들이는 바람에 결과적으로는 더더욱 정성스러운 후기 글을 쓰게 되는, 오묘하고 완벽한 순환이 이루어지게 되었다.

박서련, 「아이디는 러버슈」 중에서

f

「아이디는 러버슈」는 군대 간 남친을 기다리는 여친들의 이야기다. 꾸나는 군화의 준말, 곰신은 고무신의 준말, 이곳은 꾸나를 기다리는 곰신들의 온라인 커뮤니티다. 러버슈는 카페에 들어오면 외롭지 않다. 모두가 다 곰신들, 남자 친구가 군대에 간 같은 처지의 사람들이기 때문이다. 여기서 러버슈는 주류가 된다. 무슨 이야기를 해도 잘 통한다.

그러다 결국 앞뒤가 바뀌어 버린다. 정작 군대에 간 남자 친구와의 소통보다 카페 내 곰신들과의 소통이 더 즐거워져 버린다. 소설 속에는 러버슈의 남자 친구에 대한 정보가 단 한 문장도 나오지 않는다. 남자 친구가 휴가를 나와 만나는 장면도, 전화를 해서 통화하는 장면도, 보낸 편지의 내용조차 없다. 중요한 것은 카페에서 이뤄지는 워너비의 대상인 퍼스트 클래스와의 교류다.

소설은 〈나〉가 퍼클에게 메시지를 보내고 답장을 기다리는 마음에 대해서 상세하게 서술한다. 〈기둘력〉을 제작할 때 넣는 프로필 사진을 위해서 트레이닝을 받을지를 상담하는 장면이 묘사된다. 소설의 결말에서 퍼클은 진짜 곰신이 아니라 곰신 행세를 하면서 업체로부터 돈을 받아 온 사기성 인물임이 밝혀진다.

사회학자들은 인터넷 커뮤니티로 맺어진 인간관계를 얇고 넓게 퍼지는 팬케이크나 스낵에 비유한다. 온라인 소통만으로는 깊이 있는 관계를 맺기 어려우며, 우리가 군것질거리로 식사를 대용하고 있다는 것이다. 대화를 나눌 때 작용하는 요소 중 실제로 말하는 내용은 7퍼센트를 차지하고, 38퍼센트가 음의 높낮이와 음량, 말투, 55퍼센트가 몸짓과 표정 같은 비언어적 수단이다. 온라인에서 우리가 경험할 수 있는 소통의 맛은 고작 7퍼센트인 것이다.

소셜 스낵의 선두 주자는 아무래도 페이스북일 것이다. 전 세계적으로 페이스북의 일평균 이용자는 16억 6천만 명에 이르고 2021년 1분기 매출은 337억 달러다. 호주의 통계 조사 결과를 보면 온라인 사용자들은 인터넷 사용 시간의 3분의 1을 페이스북을 하면서 보낸다. 나도 한때 매일 페이스북을 들락거렸다. 몇 년 동안 만나지 못한 이들과 매일 만난 사람처럼 친근하게 댓글을 주고받다가, 사진 속에서는 선배가 결혼식을 올렸는데 청첩

장을 받지 못했을 때면 현실을 자각하게 되었다. 아, 우리가 (실은) 오랫동안 만나지 못했구나.

영양소가 충분하지 못하다는 점 외에도 이 스낵의 단점은 또 있다. 계속 먹게 된다는 점이다. 현실에서 친구를 만나고 집에 돌아오면 이제는 혼자서 쉬어야겠다고 방향이 전환되는 반면 온라인에서의 만남은 돌아서자마자 다시 시작된다. 하루 종일 과자를 먹고 있는 셈이다. 고백하건대 나는 페이스북에 중독되었을 때 페이스북 형식으로 꿈을 꾼 적이 있다. 사진과 글의 포스팅이 아래에서 위로 줄곧 이어지는 꿈이었다.

이 스낵은 건빵처럼 과자뿐만 아니라 (원하지 않는) 별 사탕까지 덤으로 선물한다. 페이스북은 사용자의 관심사에 걸맞은 맞춤형 정보를 제공한다. 사용자는 시야가 좁아지고 가장 필요로 하는 정보에 도달하지 못한다. 뉴스의 제공처가 아닌 친구의 링크에 댓글을 달 때 끼리끼리 소통은 강화되고 다른 그룹과의 단절이 일어난다.

통제도 가능하다. 버지니아 대학의 미디어학과 교수인 시바 바이디야나단은 페이스북의 피드가 우리의 감정까지 규정할 수 있다고 말한다. 실험 결과 긍정적인 피드를 받은 사용자는 긍정적인 포스팅을, 부정적인 피드를 받은 사용자는 부정적인 포스팅을 작성했다는 것이다. 그는 만일 페이스북이 그러기로 마음만 먹는다면, 선거일에 우리의 결정을 뒤바꿀 수 있을 거라고 경고한다.

실제로 정보 통신 수단을 통해 감시가 일어난 사례도 고발되었다. 미국의 중앙 정보국과 국가 안보국에서 일했던 컴퓨터 기술자 에드워드 스노든은 2013년에 구글과 같은 통신 기업을 통해 국가가 개인의 정보를 수집하고 분석했다는 사실을 폭로했다. 정보 검색창의 문제가 다만 분별력 없이 많기만 한 정보라고 생각했던 것은 순진한 발상이었다. 검색 결과 상위 페이지에 제일 먼저 뜨는 광고에 대해서는 이미 익숙해져 문제로 느끼지도 못했다.

디지털 미디어 연구자인 사피야 우모자 노블은 구글이 제공하는 정보들이 백인 남성의 시신에 적합하게 나열되어 있다고 고발한다. 지금 당장 〈여자는〉이라는 단어를 인터넷 검색창에 넣어 보자. 자동 완성 문구 여덟 개 중 절반이 성차별적 문장이고, 심지어 그 순위 안에는 〈여자는 사흘을 안 때리면 여우가 된다〉도 있었다. 〈남자는〉을 넣었을 때는 〈남자는 아무 여자랑〉이라는 한 개의 성차별적 문장이 떴다. 인터넷 검색창은 (결과는 물론이고) 작동 과정에서 이미 중립적이지도, 공정하지도 않다.

수학자인 캐시 오닐은 알고리즘을 〈대량 살상 무기〉에 비유한다. 구글은 알고리즘으로 작동한다. 그리고 기계는 정확할 뿐 공정하지 않다. 〈사람들을 다양한 계층으로 분류하고 각자 포함된 계층에 따라 차별 대우하는 시스템〉이라는 것이다. 그는 이 시스

템 안에서는 약자가 보호받거나 다양성이 존중받는 것을 기대할 수 없기 때문에, 수학 모형이 세상을 지배한다면 〈일터에서 우리를 기계 부품처럼 취급하고, 가난한 사람들에게서 취업 기회를 빼앗아 가고, 건강에 이상이 있는 직원들을 배척하며, 온갖 불평등한 만행을 저지〉를 거라고 예견한다.

노동이 불필요한 시간에 임금이 주어지지 않는 일, 은행이 가난한 이들에게는 돈을 빌려주지 않고 돈이 많은 이들에게 다시 돈을 배정하는 일과 같이 지금 우리가 겪는 온갖 부당함의 근거는 알고리즘이었다. 캐시는 알고리즘 기계가 세상을 지배해서는 안 된다는 것, 인간과 법이 기계를 현명하게 관리할 것을 당부한다.

미디어 생태학 박사인 수전 모샤트는 빅 데이터의 흐름에 저항하는 실험을 실행에 옮겼다. 그가 열넷, 열다섯, 열여덟 살의 자녀들과 함께 로그아웃 생활을 6개월간 실천한 뒤에 우리에게 남긴 〈디지털 해독을 위한 십계명〉은 다음과 같다. 1. 따분함을 두려워하지 말라. 2. 멀티태스킹을 하지 말라. 3. 윌핑(검색 목적을 잊고 인터넷을 헤매는 것)을 하지 말라. 4. 운전 중 문자를 하지 말라. 5. 휴일에는 스크린 사용을 금하라. 6. 침실은 미디어 금지 구역으로 유지하라. 7. 이웃의 업그레이드를 탐하지 말라. 8. 계정은 비공개로 설정하라. 9. 저녁 식사 자리에 미디어를 가져오지 말라. 10. 온 마음을 다해 현실을 사랑하라.

나는 되도록 몸을 움직여 현실 세계에서 연결을 만들려고 노력한다. 지난주에는 뮤지컬을 예매하려고 현장에서 판매 시간을 기다렸다. 창구 안쪽에는 두 사람이 나란히 앉아 있었는데, 예매를 진행하는 직원을 다른 직원이 지켜보고 있었다. 그 장면을 보면서 〈신규 직원이 입사했구나〉 하고 생각하게 되는 것. 사람의 음성을 통해 설명을 들으며 예매 현황을 살피고 지갑 사정을 고려해 좌석을 고르게 되는 것. 그러다가 운 좋게 타임 세일에 당첨되어 공연을 절반 가격으로 관람할 수 있게 되는 것. 온라인 예약을 하지 않으니 그런 아기자기한 현실 세계의 에피소드들을 덤으로 얻게 되었다.

집에는 인터넷을 설치하지 않았다. 소설을 쓰기 위해서다. 컴퓨터로 작업을 하는데 인터넷이 연결되어 있으면 웰핑이 시작되었다. 인터넷을 연결하지 않으니 집중하기에 훨씬 편하다.

휴대 전화에 카카오톡도 설치하지 않았다. 인간관계를 맺는 데 신중한 편이어서 휴대 전화를 통해 불특정 다수의 그룹과 사적인 연결망을 만드는 데 흔쾌히 동의할 수 없었다. 인터넷 연결에서 제외되니 상황을 파악하지 못하는 경우가 종종 생겼다. 협업이 필요한 일을 할 때는 카톡을 하지 않는다고 말하는 것이 마치 한발 물러선 입장처럼 들리기도 해서 〈그럼 카톡을 설치하시죠〉라는 답변을 듣는 경우도 있었다. 그 말이 내게는 괜한 압력처럼 느껴지기도 하고, 사생활의 침해로 느껴지기도 한다.

모두 카톡을 하는 세상에서 혼자 카톡 하지 않기, 모두 인터넷으로 연결되어 있는데 혼자 인터넷 없이 살기는 오해를 불러일으킨다. 어딘지 열성이 부족해 보이고 혼자 삐딱선을 타는 것처럼 느껴진다. 전혀 그런 마음이 아닌데 단지 〈그것들을 하지 않는 것〉만으로도 소수자가 되고 만다.

카페나 지하철, 버스처럼 공용 와이파이를 쓸 수 있는 공간에서 가끔 인터넷을 한다. 실제로 인터넷 연결이 필요한 시간은 얼마 되지 않는다. 인터넷을 하는 것보다 세상의 구석구석을 흘끔거리며 어슬렁대는 쪽이 심신에 유익하다. 불필요하게 많은 정보를 입수하는 것은 삶에 그다지 이롭지 않다. 상품이 적절히 진열된 가판대가 더 여유롭고 아름답다. 세상에 있는 모든 상품을 다 보느라 시간을 낭비하고 싶지 않다.

휴대 전화 사용자의 67퍼센트가 침대에 누워서 이메일을 확인한다고 한다. 50퍼센트가 운전 중에, 25퍼센트가 데이트 도중에, 15퍼센트가 예배 중에 받은 편지함을 열어 본다. 41퍼센트는 휴대 전화와 함께 잠든다. 휴대 전화 없이 외출해 보았는가? 휴가가 따로 없다. 어디에 있든지 쾌적하고 고요하다. 꼭 필요한 날이 아니라면 가끔은 전화기를 집에 두고 다니자.

처음 전화가 생겼을 때 사람들은 이렇게 생각했다고 한다. 전보를 치면 정확한 문자로 내용을 전달받을 수 있는데, 왜 굳이 그

걸 집에 설치해서 음성으로 들어야 하지? 그러나 전화기는 모든 집에 설치되었고 지금은 모든 집에서 사라지고 있다. 그렇게 사라져 간 통신 기기들을 떠올려 보자. 휴대 전화 이전 세대는 삐삐와 시티폰을 아직 기억하고 있을 것이다. 언젠가부터 엽서와 편지지를 사는 일이 줄기 시작했고, 카톡이 등장하자 문자를 쓸 필요가 없어졌다.

사람마다 각자에게 맞는 통신 수단이 있다. 그 다양함이 공존하는 장면을 상상해 본다. 스마트폰의 시대가 왔으니 휴대 전화는 이제 구식이라며 기존의 것들을 제하고 계속해서 새것을 들이는 대신 필요한 곳에 적절한 정도의 변화가 일어난다면 취향과 감성이 골고루 살아 숨 쉬는 다양하고 멋스러운 세상이 오지 않을까? 계속해서 더 발전된 기능으로 업그레이드하는 것이 과연 좋기만 한 것일까?

지구의 근황, 이전 집에 불이 났다는 뜻입니다

영등포의 근황은 생생히 전하지 못하지만, 대신 홍콩의 자립을 위해 남몰래 애쓰는 당신의 용기에 존경의 마음을 보낸다는 말을 나는 하고 싶습니다. 홍콩에서의 당신의 용기가 서울에 있는 내게 또 다른 형태의 용기로 당도했다는 것도요. 당신의 답장을 읽고 며칠 뒤, 나는 내 노동을 비웃은 적 있는 사람들에게 차례로 전화를 걸어 사과를 요구했으니까요. 당신의 이메일을 읽지 않았다면 그런 일은 영원히 일어나지 않았을 거예요. 이미 지나간 일이라고, 무턱대고 도망친 내 무책임에도 잘못이 있다고, 나는 늘 그렇게 생각하고 말았죠. 다친 마음을 드러내거나 갈등을 일으키는 것보다 도망치는 것이 편리했으니까요.

조해진, 『완벽한 생애』 중에서

어느 여름이었을 것이다. 침대에 누워 있는데 누군가에게 사과받고 싶다는 생각이 들었다. 그 누군가는 특정한 개인이 아니었고, 사과의 내용도 텅 비어 있었다. 그저 그동안 살아오면서 잘못을 저질러 놓고 사과하지 않은 일들이 내용은 없이 형식만 남아 사과받고 싶다는 마음이 들게 했다. 사과를 받는다면 괜한 감정에 치우치지 않고 마음이 편안해질 것 같았다.

또 어느 가을에는 멍하니 앉아 있다가 자리에서 일어나 공손하게 허리를 굽혀 사과하고 싶다는 생각이 들었다. 그때는 특정한 개인이었고, 그는 나를 오해해서 나에 대한 험담을 다른 이들에게 늘어놓았다. 명백하게 따지고 들면 그가 나에게 사과해야겠지만 상황과 관계없이 내가 그에게 사과하고 싶었다. 만약 내가 사과해서 그가 편해진다면 그걸로 충분했다. 내가 옳고 네가 그르다는 시시비비가 중요하지 않았다.

조해진의 『완벽한 생애』에 등장하는 인물들은 사과받고 사과해야 할 사람들이 발화하지 않은 미안하다는 말을 찾아 헤맨다. 도망치거나 묻어 두거나 아파하면서 미안하다는 말을 할 어느 구석을 찾지 못해 헤매고 있다. 그중 누군가는 엉뚱한 이를 붙들고 사과한다. 죽은 딸에게 하지 못한 사과를 미정에게 대신하는 보경이 그렇다. 윤주는 자신의 삶을 비웃은 직장 동료에게 사과를 요구하는 대신 함께 일하는 것을 거부한다. 그렇게 방송국을 떠난 윤주가 시간이 한참 지난 뒤에 다시 그들을 찾는다. 사과를 받기 위해서다. 타인의 사사로운 실언으로 삶의 터전을 떠나야 했던 윤주 외에도 제주의 보경, 미정, 홍콩의 시징, 에디는 누군가가 사과하지 않은, 책임지지 않은 짐을 떠맡고 있다. 등장인물들이 서로를 깊이 배려하고 신중하게 생각하고 조심스럽게 행동하는데도 시종일관 소설을 읽는 마음이 조마조마한 건 왜일까?

이 소설은 2020년에서 2021년에 우리에게 일어난 각종 사건, 사고를 끌어안고 있다. 그 기간에 나 또한 내 주변에서 일어난 일에 대해서 더 이상 무책임하게 도피할 수 없음을 깨닫기도 했다. 그렇기에 한 권의 소설에 그 일을 모두 안아서 써버린 작가를 탓할 수만은 없었다. 책을 읽고 난 뒤에 많이 어지러웠음을, 그러나 기꺼이 감수할 수밖에 없는 어지러움이었음을 동시에 고백한다. 우리는 너무 많은 잘못에 둘러싸여 있어서, 호의를 지닌 채 다가 가도 서로 상처를 주기 쉬운 시간과 공간에서 만난다. 내가 너에게, 네가 나에게, 우리가 우리에게, 우리가 그들에게 더 늦기 전에, 상처가 더 커져서 우리를 잡아먹기 전에 사과의 말이 제자리에 전해지기를 바란다.

내게 제로 웨이스트는 지구에 보내는 사과의 메시지기도 하다. 제로 웨이스트를 개인적으로 실천해 가면서 때로는 거의 하루치 에너지를 전부 다 사용해야 불필요한 쓰레기를 생산하는 일을 피해 갈 수 있다는 사실을 절감했다. 불필요한 물건을 구매하는 것은 아닌지 확인하고, 과대 포장을 하지 않는 상점을 골라 구매하고, 분리수거 규칙을 정확하게 지켜서 씻고 말리고, 더 적절한 수거 장소를 찾는 일은 시간과 노력을 들여야 가능했다. 몸이 아프거나 일정이 바쁜 날이면 어느새 나도 모르게 일회용품 사용이 다시 늘어나고 말았다. 물론 개인적인 실천을 계속해서 이어 가겠지만 더불어 지속해야 할 것은 사회적으로 그 일을 함께할 수 있도록 하는 일이라는 걸 깨달았다.

그린피스 영국 사무소에서 해양 캠페인을 총괄하고 있는 윌 매컬럼은 제로 웨이스트의 마지막 단계로 〈항의〉를 꼽는다. 플라스틱 줄이기 캠페인은 혼자만으로는 안 된다. 그는 플라스틱을 없애기 위해 〈목소리를 내라〉고 권유하며 친절하고 세세하게 그 방법들을 알려 준다. 또한 〈플라스틱을 없애기 위한 노력은 수백만이 함께해야 성공할 수 있고, 당신의 목소리는 사람들을 끌어모으는 데 꼭 필요하다〉고 일깨운다. 관계 부서에 편지를 쓰고, 담당자를 만나고, 플라스틱 과대 포장을 도로 그 기업에 돌려보내라고 말한다. 시위와 캠페인에 참여하고 직접 캠페인을 열어 보면서 적극적인 시도를 하라고 용기를 불어넣어 준다.

나는 최근에 청탁받은 대부분의 원고를 제로 웨이스트와 관련된 주제로 풀어 갔다. 에세이뿐만이 아니었다. 쓰레기를 줄이자는 건 소설이 될 수 있었다. 나는 플라스틱 쓰레기의 처지가 되어 태평양 한가운데 섬으로 떠다니는 사람들 이야기를 썼다. 소수 민족 소녀가 북극의 개발을 막기 위해서 시간을 멈추어 버린다는 이야기를 썼다. 계속해서 로봇 쓰레기를 방출하며 집에서 가상 현실의 안락함을 누리는 미래 인류의 모습을 그렸다. 기후 현상이 완전히 엉망이 되어 날씨를 제어하는 직업군이 생기고, 그것으로도 통제가 되지 않아 사표를 쓰는 날씨 통제사에 대해서 썼다. 목소리를 낼 기회가 있다면 기후 위기를 언급하는 것을 놓치지 않았다. 기후 위기 강연에서 제로 웨이스트를 강조하는 것은 물론이요, 요가를 주제로 한 소설집을 낸 뒤에도 환경 이야기를 하게 된 이유다.

냉장고를 한 시간 사용하는 데 44그램, 냉방기를 한 시간 켜두면 258그램의 이산화탄소가 배출된다. 진공청소기를 한 시간 돌리는 데 54그램, 공기 청정기를 한 시간 사용하면 17그램, 형광등은 한 시간에 14그램의 이산화탄소를 배출한다. 이렇게 개개인이 셈을 해가며 열정적으로 탄소 배출을 줄이고 있는데도 지구의 온도가 내려가지 않는 이유는 점진적 해법이 통할 수 있는 시간이 이미 지나 버렸기 때문이라고 한다.

『기후 위기와 불평등에 맞선 그린 뉴딜』의 저자인 김병권은 기후 위기의 근본 원인을 〈탄소 의존형 경제〉라고 분석한다. 〈현재의 시장 구조와 산업 구조를 그대로 둔 채〉로는 위기의 극복이 불가능하니 〈경제 구조와 산업 구조를 과감하게 개혁해야〉, 〈경제 격변 수준의 충격이 가해져야 이 위기에서 탈출할 수 있다〉는 것이다. 그는 탄소 배출량의 증가 속도를 늦추는 수준이 아니라 10년 안에 절반을 줄이는 정도로 절대적 감소를 이루어야 위기에서 벗어날 수 있다고 진단한다. 하지만 탄소 배출량을 10퍼센트만 줄여도 지난 2008년 글로벌 금융 위기 때보다 네 배나 큰 충격이 온다고 한다.

한편에는 기후 위기를 부정하는 사람들이 있다. 지구를 오염시키는 대가로 이익을 얻는 산업 집단과 그들을 홍보하는 이들, 정치인과 언론이다. 지구 기후 연대처럼 지구 온난화를 부인하는 기업의 로비 그룹도 존재한다. 미국 하원의 에너지 상업 위원회 위원장을 역임한 조 바턴은 〈이산화탄소는 증가하지만 그렇다고 해서 기온이 반드시 상승하는 것은 아니다〉라거나 〈우리는 온도가 떨어지는 시기에 접어들고 있는지 모른다〉 같은 발언들을 일삼으며 기후 위기를 부정한다. 이유는 단순한데 그가 화석 연료 업계로부터 돈을 받고 있기 때문이다.

미국 텍사스주의 환경 과학 교과서에는 지구 온난화와 관련하여 〈과거에 지구는 오늘날보다 훨씬 따듯했고, 바다 생물의 화석은 해양 수위가 오늘날보다 훨씬 높았음을 말해 준다. 그러니 지구가 조금 더 따뜻해진다고 해서 그것이 큰 문제가 될까〉라고 적혀 있다. 다음 세대에 거짓 지식을 교육하면서 그들이 지키려고 하는 게 무엇일까? 돈이다. 석유 개발로 인한 이익이다.

기후 위기에 주된 책임을 져야 할 (한국을 포함한) 선진국들이 탄소 배출을 포기하지 못하는 이유도 그와 다르지 않다. 기업과 정부는 경제적 손실을 이유로 탄소 배출을 포기하지 못한다. 때로 기업은 친환경적인 포즈를 취한다. 그러나 이윤 추구의 주체인 기업이 일시적으로 환경친화적인 제스처를 취한다고 해서 비판적인 시선을 쉽게 누그러뜨려서는 안 된다.

오존층 파괴로 프레온 가스의 생산과 소비가 규제된 것은 1987년의 일이다. 오존 구멍이 발견된 1985년에서 2년이 지난 후였다. 긴급하고 신속하게 규제가 이루어진 이유는 아이러니하게도 미국 화학 회사들의 로비 때문이었다고 한다. 일광욕을 즐기는 미국인들이 민감하게 반응하고 널리 공감하는 분위기가 확산되자, 외국의 화학 회사들에 경쟁력을 빼앗기지 않기 위해서 〈미국뿐 아니라 외국에서도〉 프레온 가스를 생산하지 못하도록 미국의 화학 회사들이 규제 협상을 지원했다.

기업 간의 경쟁을 둘러싼 교묘한 친환경적 제스처는 나라와 나라 간에도 적용된다. 독점적 지위를 놓치고 싶지 않아 하는 미국 정부가 석유 기업과 자동차 기업의 이익을 위해서 움직일 때 독일, 프랑스, 일본은 미국 기업들에 탄소 배출량을 줄이라고 요구한다. 그런데 이 국가들이 탄소 배출량을 지정할 때의 기준은 미국 기업에 불리하지만 자국의 산업을 위축시키지 않을 정도라는 것이다.

한국의 상황을 살펴보자. 기후 변화 대응 지수는 61개국 가운데 58위다. 1인당 석탄 소비량은 1.73석유환산톤으로 경제 협력 개발 기구 회원국 가운데 2위, 이산화탄소 농도는 415.2피피엠으로 지구 평균보다 7.4피피엠이 높다. 유럽 각국이 2030년경 석탄 화력을 조기 퇴진하려는 추세인 반면 대한민국 정부는 10년 안에 석탄 발전소 7기를 새로 짓는다는 계획을 구상하고 있다. 이 계획은 노후한 석탄 발전소의 계기(屆期)와 전환 계획 사이에 숨겨져 있다.

미국의 인류학자인 마거릿 미드는 말한다. 〈문제의식을 지닌 시민들로 구성된 작은 집단이 세계를 변화시킬 수 있다는 것을 결코 의심하지 말라. 실제로 지금까지 세상을 변화시켜 온 유일한 집단은 바로 그러한 집단이다.〉 석유 재벌과 기업의 나라인 미국에서는 2007년에 스텝잇업(Step It Up, 딛고 일어서자는 뜻)이라는 단체가 웹사이트를 만들어서 각자의 도시에서 행진과 시위를 조직했다. 세 달 동안 1천4백여 개 마을과 도시에서 사람들이 이에 화답했고, 3백여 개 도시에서 15만 명이 참가한 항의 시위가 열렸다. 시위대는 새로 의회를 장악한 민주당에 이산화탄소 배출에 관한 법안을 통과시키라고 요구했다.

기업과 정부가 이익 관계에 얽혀 용기 있는 결단을 내리지 못한다면 개개인의 제로 웨이스트 실천가들, 바로 당신과 내가 목소리를 내야 할 때가 온 것이다. 이제 기후 위기는 30년 후, 50년 후의 미래가 아니라 지금 당장의 문제다. 펜실베니아 주립 대학 지구 과학 센터 소장인 마이클 만은 말한다. 지구 온난화란 〈문자 그대로 집에 불이 났다는 뜻〉이다!

쓰레기, 지구의 위성이 되다

엘바는 오전에는 엘이 먹을 음식들을 구매, 요리하고 집 안을 청소했고, 오후에는 엘이 작성한 연구서를 전달하고 연구 업무를 돕기 위한 공부를 한다. 엘바는 엘시와 얼굴이 같았고, 체격도 동일했고, 엘시와 같은 목소리를 가지고 있었다. 디자인은 몹시 마음에 듭니다. 완전히 같은 것으로 디자인해 주세요. 다만 저번처럼 접촉 불량이 없도록 재질을 업그레이드하겠습니다. 지시 사항을 위반하지 않도록 수행력을 강화하고 비판적 사고는 삭제할게요. 가끔 귀찮을 때가 있었어요. 엘바는 그렇게 엘시를 대신했다. 대체하고, 넘어섰다.

최정화, 「성장과 개발은 엘이 꾸는 꿈」 중에서

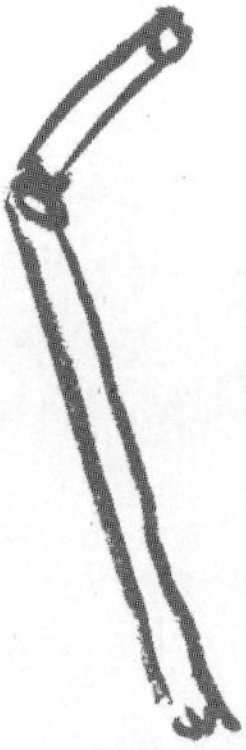

「성장과 개발은 엘이 꾸는 꿈」은 마리포사라는 가상의 감염병이 지구를 휩쓰는 근미래의 이야기다. 인간은 집 안에 들어앉아 가상 현실을 즐기고, 대체 로봇들이 인간의 업무를 대신한다. 인간들이 겪는 불운도 이제는 로봇의 몫이다. 로봇은 바이러스로 인한 감염병에 걸리고, 신경증에 걸려서 정신과 상담을 받고, 지나친 노동과 긴장 상태로 잠을 이루지 못한다. 로봇이 업무를 잘 수행하면 할수록 인간은 더 업그레이드된 로봇을 꿈꾼다. 부식되지 않는 신개발 물질로 만든 완벽한 로봇이 탄생했을 때 더 이상 교체나 업그레이드된 로봇을 사용할 수 없다는 사실을 찜찜하게 여길 뿐이다.

충분히 만족스러운 상황에서도 로봇을 새로 바꾸길 원한다는 사실이 논리적으로는 이상하게 들리지만, 당장 휴대 전화를 사용하는 스스로의 모습을 돌아본다면 업그레이드에 대한 무분별한 욕심이 과장이 아니라는 것을 금세 깨닫게 될 것이다. 나는 얼마 전에 휴대 전화를 잃어버려서 잠시 수신 정지를 신청했는데, 집 안 어딘가에 두고 찾지 못해서라고 이유를 분명히 밝혔음에도 불구하고 휴대 전화 회사에서는 새것을 주겠다고 권했다. 괜찮다고 사양했더니 공짜로 새것을 제공하겠다고 한 번 더 권하기까지 했다.

빠르면 10년 이내에 1인 1로봇이 일상화된다고 한다. 모두가 휴대 전화를 가지고 있는 현재를 생각하면 로봇이 일상화된 미래를 상상하는 게 그리 어려운 일은 아니다. 잃어버리거나 망가지지 않았더라도 더 세련된 디자인, 고품질의 시양이라면 멀쩡한 물건을 두고 새로 구입하는 것이 현대의 소비문화다. 로봇의 경우도 그리 다르지 않을 것이다. 기존의 로봇을 버리고 더 나은 새 제품으로 업그레이드하려 할 것이다.

소설 속에서 버려진 로봇들은 폐기장에 줄을 서서 기다리고 있다. 땅이 부족해서 폐기되지도 못한 채 그들은 그저 서서 기다리고만 있다. 그들의 걱정은 버려졌다는 것이 아니라 〈우리가 무사히 폐기될 수 있을지〉의 여부다. 간혹 재활용품 선별장에 도착해서 홈 트레이닝 기구로 재탄생되는 것은 행운에 가까운 일이다.

이 이야기가 과장 같은가? 집에 있는 가전제품들을 떠올려 보

자. 정말 더 쓸 수 없어서 버리고 새로 샀는지, 새로운 제품이 디자인이 고급스럽고 기능이 편리해서 더 쓸 수 있는데도 불구하고 폐기했는지를. 아직 찾아오지 않은 미래에 휴대 전화처럼 친근한 존재가 될 로봇의 경우도 예외라고 할 수 있을까?

인간이 버린 쓰레기가 지구의 땅과 바다와 하늘을 오염시켰다는 것은 익히 알려진 사실이다. 바다에 떠다니는 비닐봉지를 삼킨 고래의 죽음에 대해서, 콧구멍에 빨대가 끼어 숨을 쉬지 못하는 거북이에 대해서 누구나 한 번쯤 들어 보았을 것이다. 그런데 쓰레기는 지구뿐만 아니라 우주에도 버려졌다. 지구와 마찬가지로 우주도 쓰레기 포화 상태다.

2002년 9월 3일 미국 애리조나주에서 발견된 우주 물체 J002E2는 지구의 위성일지도 모른다는 관심을 받다가 1969년에 발사한 아폴로 12호를 실은 새턴 V 로켓에서 분리된 3단 연료 통의 잔해로 판명되었다. 10~50미터 정도의 물체가 지구 주위를 50일 주기로 돌고 있어서 눈길을 끌었는데 결국은 우주 쓰레기였다.

2009년에는 미국의 민간 통신 위성인 이리듐 33호가 이미 수명을 다해 우주를 떠돌던 러시아의 군사용 통신 위성인 코스모스 2251호와 충돌했다. 초속 11.7킬로미터로 충돌해 2천4백여 개의 파편으로 산산이 부서졌다. 그중 1천4백여 개의 파편이 아직 지구 궤도에 남아 있다.

2019년에 소행성으로 오인되었던 A10bMLz는 〈빈 쓰레기봉투 물체Empty Trash Bag Objects〉로 밝혀졌다. 움직임이 무작위적인 물체가 추적되었는데 분석한 결과 로켓의 잔해인 금속 포일로 판명된 것이다. 질량은 1킬로그램이 안 되지만 펼쳤을 때의 길이는 수 미터에 달해 비닐봉지를 연상시키는 이 물체는 예상할 수 없는 움직임을 보이며 우주를 떠돌고 있다.

우주 쓰레기가 발생하는 원인은 인공위성의 폭발, 우주선 표면의 페인트 부스러기, 고체 로켓 상단의 배기가스 배출, 원자로의 냉각수 누출 등으로 다양하다. 1978년에 3천8백여 개로 예측했던 우주 쓰레기 수는 2021년에 2만4천여 개로 여섯 배나 증가했다. 이 증가량에 따라 파편들끼리 충돌하는 비율도 늘어났다. 한국 천문 연구원의 최은정 우주 위험 연구실 실장은 우주 환경 문제를 그대로 방치한다면 재난을 맞을 수밖에 없다며, 초기 비용이 많이 들 수밖에 없지만 우주 환경 문제를 반드시 해결해야 한다고 경고한다.

지금 확인된 우주 쓰레기의 양은 9천여 톤이다. 지름이 10센티미터 이상인 우주 쓰레기는 3만 4천여 개, 1~10센티미터 사이의 크기인 것은 90만 개이고, 마이크로미터 크기의 파편은 셀 수 없을 만큼 많다. 이 파편들이 지구 궤도를 돌고 있다. 파편들이 궤도를 비행하고 있다는 것은 궤도에 안착할 수 있는 속도인

초속 7.5킬로미터를 넘어섰다는 뜻이다. 총알의 일곱 배나 되는 무시무시한 속도다. 파괴력은 수류탄이 폭발할 때와 같다고 하니 쓰레기가 아니라 살상 무기가 궤도를 돌고 있는 셈이라고 해도 과언이 아니다.

예상하지 못했던 문제가 아니다. 이미 1978년에 미국 항공 우주국 소속의 과학자 도널드 케슬러는 우주 쓰레기의 충돌 위험을 경고했다. 인공 우주 물체 간의 충돌이 생성한 작은 파편들로 인해 2차 피해가 발생할 거라고, 파편의 수는 기하급수적으로 늘어나게 될 것이고 이를 막기 위해서는 수명이 다한 로켓과 인공위성의 수를 줄여야 한다고 주장했다.

영국 사우샘프턴 대학교 우주 물리학자 휴 루이스 박사에 따르면 지구 대기 이산화탄소가 지금의 두 배로 늘어난다고 가정하면 열권의 대기량이 80퍼센트나 줄게 되고, 대기권에서 불타지 못한 우주 쓰레기들의 수명이 40년 더 증가한다고 한다. 그는 이로 인해 지구 궤도를 도는 우주 쓰레기의 양이 50배나 늘어날 수 있다는 연구 결과를 발표해서 그 심각성을 경고했다.

우주 쓰레기가 우주를 떠돌지 않고 지구로 낙하할 때도 위험은 뒤따른다. 지난 50년간 지구로 떨어진 우주 쓰레기의 양은 5천4백 톤에 달했다. 2005년에 215회, 2014년 678회, 2020년에는 405회로 낙하 횟수는 꾸준하다. 아폴로 12호의 잔해물은 2009년에 영국의 가정집 지붕을 뚫고 들어갔다. 2011년에는 독일의 연구용 위성인 로사트의 일부가 베이징을 강타할 뻔했다. 2013년에는 ESA 인공위성 고체가 추락 20분 전까지만 해도 한국을 향해 있었다. 다행히 바다로 비켜 가 참사를 면했지만 우주를 떠돌던 잔해물이 내 집에 떨어질 위험에 노출되어 있다는 사실에는 변함이 없다.

초고속 인터넷 서비스를 제공하기 위해 지구 저궤도에 위성을 쏘아 올려 거대한 위성 네트워크를 만드는 메가컨스텔레이션(Megaconstellations, 우주 인공위성 별자리) 사업이 진행되고 있다. 이 사업으로 지난 60년 동안 쏘아 올린 인공위성보다 더 많은 수의 위성이 앞으로 10년 이내에 지구 궤도에 배치될 거라고 한다. 저궤도 위성의 수명은 길어야 10년이다. 수명이 다한 위성은 쓰레기가 되어 우주에 방치된다.

그뿐만 아니라 앞으로 10년간 최대 10만 개의 새 인공위성을 쏘아 올릴 예정이라고 한다. 현재 저궤도에 있는 인공위성의 개수는 2천 개로, 지금의 50배가 넘는 양의 인공위성이 더 생긴다는 뜻이다. 이태형 충주 고구려 천문 과학관 관장은 우주 쓰레기가 우주에서 자연적으로 발생한 운석의 수를 훨씬 능가했다고 밝혔다. 지구를 뒤덮은 플라스틱 쓰레기의 무게가 사람의 무게를 넘어선 것과 비교하면 우주의 상황도 크게 다르지 않은 것 같다.

우주 쓰레기 문제가 우리와 무관한 먼 우주의 이야기일까? 우리는 내비게이션, 휴대 전화를 이용해 언제든지 시간과 위치를 파악할 수 있다. 이렇게 우리가 매일 사용하는 편리함이 우주 쓰레기들을 낳았다. 무인 자율 주행 자동차, 드론, 지진과 같은 재난 예측 프로그램에는 항법 위성이라는 인공위성이 이용된다. 1978년 최초의 항법 위성인 내브스타NAVSTAR가 발사된 이후 지금까지 총 73대가 발사되었는데 지금까지 사용하고 있는 것은 32대다. 나머지 41대는 쓰레기가 되었다는 뜻이다.

우주 쓰레기 제거를 위해 과학자들은 다양한 아이디어를 내놓았다. 우주 공간에 그물망을 펼쳐 쓰레기들을 포획하거나 작살을 닮은 도구를 이용해 낚는 방법이 있다. 2018년에는 그물로 우주 공간에 떠 있는 표적을 포획하는 실험에 성공했다. 우주선과 발사체에 돛을 부착해서 쓰레기 발생을 막자는 아이디어도 나왔다. 얇은 사각형의 막을 펼쳐 수명이 다한 우주선이나 위성, 로켓이 대기권으로 떨어질 수 있도록 하는 드래그 세일Drag Sail도 고려 중이다.

2018년 영국 서리 대학교는 유럽 연합의 공동 출자로 리무브 데브리스Remove Debris라는 이름의 청소 위성을 보내 그물로 쓰레기를 수거하고 작살을 꽂는 방식으로 쓰레기를 포획하는 실험에 성공했다.

일본의 민간 기업 아스트로스케일은 우주 잔해 수거 위성인

ELSA-d를 지구 저궤도에 보냈다. 일본의 위성 통신 회사 스카이 퍼펙트 JSAT도 레이저를 쏘아 쓰레기의 표면을 기화시키는 방법으로 쓰레기의 위치를 이동시키고 대기권으로 진입을 유도하는 청소 위성을 개발하고 있다. 이 방법이 성공한다면 백 킬로그램에 달하는 우주 쓰레기를 처리할 수 있게 된다.

유럽 우주국은 2025년에 클리어스페이스-1 프로젝트를 실행할 예정이다. 이 프로젝트에 따르면 우주 쓰레기 수집 로봇이 지구 저궤도로 쏘아 올려져 2013년에 발사된 소형 위성 베스파VESPA의 잔해를 대기권으로 옮기는 임무를 맡게 된다.

위성 애프터서비스라는 분야도 생겨났다. 고장 나거나 수명이 다한 인공위성을 쓰레기가 되지 않도록 수리하는 것이다. 이제 위성도 재활용이 가능해진다는 얘기다.

이러한 청소 위성이나 재활용 위성 소식에 희망을 걸고도 싶지만 그 등장이 마냥 반갑지만은 않다. 실제로 쓰레기들을 수거할 때 비용 문제를 감당하기 어려운 게 현실이다. 굳이 비용과 실효성 문제를 따지지 않더라도 청소 위성 또한 잠재적으로 쓰레기가 될 것이다. 우주 쓰레기 문제는 그 원인을 직시해야 해결할 수 있다. 로켓을 쏘아 올릴 때, 신개발 로봇이 개발되었다는 소식을 접할 때, 휴대 전화를 통해 실시간 정보를 검색하는 순간마다 우리는 우주로 그만큼의 쓰레기를 버리고 있다는 사실을 기억해야 할 것이다.

휴대 전화건 로봇이건 인공위성이건 우리가 사용하는 사물에는 모두 수명이 있다. 사물을 사용할 때는 그것이 수명을 다한 이후에 대해서도 분명히 고려해야 한다. 나는 초고속 인터넷을 일상적으로 사용하지 않아도 되니 지구 궤도를 인공위성으로 뒤덮는 일을 당장 중지하길 바란다. 그것은 지구를 쓰레기로 뒤덮는 일과 조금도 다르지 않다. 지금 당장 〈우주 쓰레기〉라고 검색해 보면 우주 쓰레기로 완전히 뒤덮인 지구의 모습을 목격할 수 있다. 지구는 더 이상 창백한 푸른 점이 아니라 붉고 파란 작은 점들로 뒤덮인 기이한 모습의 쓰레기 행성이 되었다. 그 일은 나와 당신의 오늘과 무관하지 않다.

쓰레기는 누군가에게로 간다

콜로니에서는 청소하는 게 일이지. 요즘에는 청결을 매우 중시한대. 전투가 끝나면 사방에 시체만 가득한 곳도 있고. 도시 게토에 있는 콜로니가 최악이야. 시체가 오래 방치돼서 부패가 심해. 널려 있는 시체에 역병 같은 걸 옮을까 봐 제일 무서워하지. 그래서 거기 여자들은 시체를 소각해.

더 심한 콜로니도 있어. 유독성 쓰레기와 유출된 방사능 탓이지. 길어야 3년을 버티면 그때부터 코가 떨어져 나가고 피부가 고무장갑처럼 벗겨진대. 잘 먹이지도 않고 보호복 같은 것도 안 줘. 그래야 비용이 적게 드니까.

마거릿 애트우드 원작, 르네 놀트 그림 및 각색, 『시녀 이야기 그래픽 노블』 중에서

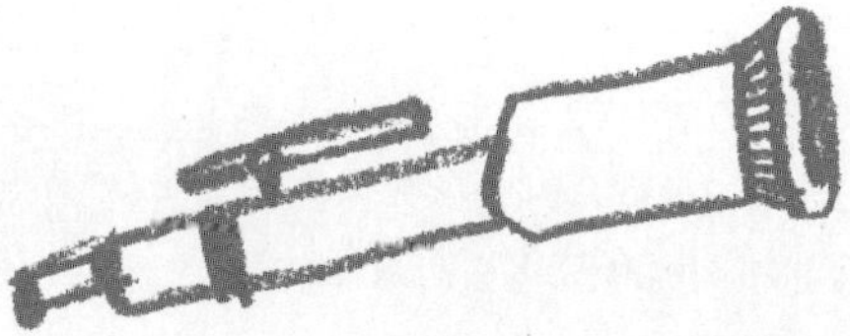

어느 겨울, 용산에서 친구를 만났다. 친구는 녹색연합이라는 환경 단체에서 용산 기지 오염 문제를 다루는 평화 생태 팀에서 일하고 있었다. 활동 중에 만난 미술 단체라면서 친구가 나를 이끌고 간 전시관은 내가 그동안 가봤던 여느 미술관과는 전혀 달랐다. 거기는 그냥 주택이었다.

「뭐야, 이게 전시관이라고?」

전시관은 낙후한 3층 빌라였다. 페인트칠한 철문을 열고 다시 1980년대식 붉은 벽돌집으로 들어갔다. 방 벽에 드문드문 붙여 놓은 작품들은 화가의 영혼이 깃든 작품이 아니라 특별한 공이나 노력을 들이지 않고 A4 용지에 뽑아서 액자에 끼우지도 않고 테이프로 붙여 놓은 사진 몇 장과 성의를 들일 필요가 없어 보이는 몇 장의 인쇄물이었다. 게이트22라는 미술 집단은 일반인의 출입이 제한된 미군 기지의 담벼락에 최대한 밀착해 걷고 그 기록을 남기는 작업을 하고 있었다. 벽에 붙어 있는 것은 경계지를 걸었던 다양한 기록들, 지도와 사진, 글이었다. 사전 설명을 듣지 못한 나는 좀 당황했다.

「대체 이게 뭐지? 이게 미술이야?」

격식을 차리고 서로의 관람을 방해하지 않는 선에서 섬세하게 호흡하며 작품의 영혼을 흡수하는 고상한 품격의 순간 대신 이웃 주민과 두런두런 어제 내린 비 얘기를 나누듯 작가의 설명을 듣고 나서 그곳에 모인 사람들은 방에 둘러앉았다. 짤막하게 자기소개를 하고 나서 가지고 온 물건이나 음식을 간단히 나누기도 했다.

그해 여름에는 그들과 함께 걷기 투어에 참여했다. 열 명 남짓한 사람들이 이태원에 모여 함께 주변 상가를 걸으며 상점들의 역사에 대해서 설명을 듣고 목적지인 용산 기지로 향했다. 혹시 위험한 사태가 일어날 수도 있다고 해서 어떻게 대처해야 하는지 사전 교육을 받은 뒤에 우리는 군사 기지의 두꺼운 벽 앞에 일렬로 나란히 섰다. 우리의 손에는 작은 망원경이 들려 있었다. 망원경은 사실 만화경이었다. 렌즈의 바깥쪽은 막혀 있었고 좌우로 돌리면 용산 기지를 상징하는 여러 가지 모양이나 글자 같은 것들이 나타났다. 우리가 벽에 망원경을 대고 렌즈를 들여다본다고 해서 기지 안이 보일 리 만무했다. 그러나 우리는 마치 그

안이 보이는 척했다.

그 〈보이는 척하기〉가 우리가 할 수 있는 일의 전부였다. 철옹성의 감시망을 뚫고 미군이 살고 있는, 대한민국이 아니라 캘리포니아주 소속인 그 땅이 작은 만화경 안에 죄다 들어 있다는 듯 두 눈을 크게 떴다.

대한민국 국민에게는 정보 접근권이 주어지지 않았지만 기지의 오염 사고는 꾸준히 발생했다. 번번이 일어나는 기름 유출 사건으로 그 안의 땅이 병들고 있다는 것을 〈알면서〉 들어갈 수도 조사할 수도 없어 〈몰랐다〉. 2020년 12월 미군 기지 열두 곳이 반환되고 나서 알게 된 사실은 석유계총탄화수소, 벤젠, 페놀, 비소, 납 같은 유해 발암 물질이 기준치를 수백 배까지 넘어섰다는 것이다. 맹독성 1군 발암 물질인 다이옥신까지 검출되었다. 토양 오염의 말기라고 할 만큼 심각한 상태로 정화 비용은 천억 원 대다.

일단 반환을 받은 뒤에 우리 쪽에서 오염 정화 작업을 진행하게 되었지만 미국에 정화 비용을 받아 낼 수는 없다고 한다. 미국 측에서 근거로 제시하고 있는 주한 미군 지위 협정 제4조 1항은 다음과 같다. 〈합중국 정부는 본 협정의 종료 시나 그 이전에 대한민국 정부에 시설과 구역을 반환할 때에 이들 시설과 구역이 합중국 군대에 제공되었던 당시의 상태로 동 시설과 구역을 원상회복하여야 할 의무를 지지 아니하며, 또한 이러한 원상회복 대신으로 대한민국 정부에 보상하여야 할 의무도 지지 아니한다.〉 이는 엄연히 시설과 구역의 반환 문제에 관한 조항으로, 환경에 관한 조항이 아니라는 것을 읽은 사람이면 누구나 알 수 있다. 국제 환경법을 적용한다면 오염자 부담 원칙에 의해 당연히 미국이 책임져야 할 것이다. 그러나 미국은 그 책임을 한국에 떠넘겼다.

왕지우리앙 감독의 다큐멘터리 영화 「플라스틱 차이나」는 전 세계 절반 이상의 쓰레기를 수입하던 시기 중국의 산둥성 마을 이야기다. 이 영화는 아무런 안전장치 없이 쓰레기를 분리수거하고 그중 일부를 플라스틱 알갱이로 만들어 되파는 소규모 공장의 실태를 보여 준다.

사장인 쿤과 노동자인 펑, 두 사람에게는 부양해야 할 부모와 자식들이 있지만 학력이 낮고 재주가 없다는 이유로 다른 일자리를 찾지 못한 채 플라스틱 공해의 현장에서 일한다. 펑의 아이들은 쓰레기 더미 속에서 장난감을 찾아내며 자란다. 그리고 비닐이 따뜻하다며 쓰레기 더미 집을 짓고 논다. 펑의 첫째 딸인 열두 살 이치는 학교에 다니지 못한다. 펑의 다섯 번째 아이는 쓰레기장 뒷마당에서 태어나 자란다. 하루에 5천 원 정도의 돈을 버는 펑의 가족들은 플라스틱을 이어 단열재로 사용한 집에서 플라스틱을 태워 밥을 짓는다.

사장인 쿤은 펑의 가족이 선별한 플라스틱을 가열해 플라스틱 알갱이로 만드는 작업을 한다. 그 과정에서 안전장치나 정화 장치 없이 일하며 유해 물질들을 그대로 들이마신다. 쿤은 경제적 사정이 펑보다 나아 아이를 유치원에 보내고 차도 살 수 있지만 몸은 병들고 있다. 그는 아픈데도 병이 있다는 진단을 받게 될까 봐 병원에 가지 않는다. 쿤과 펑의 가족이 일하는 곳 같은 소규모 공장이 마을에 5천 개나 있었다고 한다. 마을 주변 강가에는 죽은 물고기가 떠다니고 양들은 풀과 함께 플라스틱을 먹는다. 플라스틱과 비닐로 배 속을 채우고 죽음을 맞는다.

쿤과 펑이 재활용한 쓰레기들은 중국에서 온 것이 아니다. 세계 각국이 중국에 떠넘긴 쓰레기들이다. 그러면 쓰레기들이 왜 중국으로 갔을까? 자본주의 시대에 태어난 쓰레기들의 운명은 시장의 논리를 벗어날 수 없다. 쓰레기를 처리하는 데 A 국가에서 1백 원이 들고 B 국가에서 2백 원이 든다면, 쓰레기는 A 국가로 간다. 쓰레기들은 그렇게 가장 싼 값에 거래되는 중국으로 갔다.

영화를 보는 내내 마음이 불안했다. 엔딩을 보고 싶지 않았다. 영화의 엔딩에서 내가 보게 될 끔찍한 장면이 자꾸만 상상되었다. 그들이 어서 쓰레기 재활용 공장을 떠나기만을 바랐다. 누군가 내 앞에서 병들고 죽어 가는 모습을 속수무책으로 바라보기만 하는 참담한 마음이었다. 그러나 영화가 끝날 때까지 쿤은 병원에 가지 않았고, 평도 살아 있었다. 평의 아이도 건강하게 태어나 주었다. 영화가 끝날 때까지는 그랬다.

기사를 통해 그들 가족의 소식을 들었다. 사장인 쿤은 택시 기사로 전업했고, 노동자인 평은 고향으로 돌아갔다고 한다. 산둥성 마을의 재활용 공장은 폐쇄되었다. 정부에서 마을 사람들이 직업을 바꿀 수 있도록 조치를 취했다고 한다. 그들은 다른 지역으로 이주하여 다른 일을 할 수 있게 되었다. 위험에서 벗어날 수 있게 되었다. 내가 두려워했던 장면은 영화의 엔딩도, 현실의 엔딩도 아니었다. 잠시 마음이 놓였다. 그러나 쿤이, 평의 가족이 〈그곳을 벗어날 수 있어서 다행이야〉라고 말할 수 없었다.

쓰레기는 버릴 수 없다. 쓰레기는 사라지지 않는다. 쓰레기는 또다시 어딘가로, 누군가에게로 간다.

중국은 2018년에 쓰레기 수입을 중단했다. 이제 쓰레기들은 베트남, 필리핀 등의 개발 도상국으로 수출된다. 쿤과 평은 쓰레기 마을을 떠났지만, 쓰레기 마을은 산둥성이 아니라 다른 곳으로 바뀌었다. 그 마을의 이름은 필리핀의 바세코이고 이집트의 모카탐이다. 국적만 달라졌을 뿐 똑같은 쓰레기 산이다. 어른들은 쓰레기 더미에서 일하고 아이들은 그 일을 도우며 자라난다. 이치와 비슷한 또래의 이집트 소녀가 쓰레기 더미에 기대어 환하게 미소 짓고 있다. 필리핀 아이들의 손에 이치가 갖고 놀던 비닐이 쥐여 있다.

마거릿 애트우드의 장편소설 『시녀 이야기』는 상류층의 아이를 대신 낳아 주는 하층 계급 여성의 이야기다. 시설에 있던 나이 든 여성들은 콜로니로 끌려간다. 시체들의 쓰레기장이다. 그보다 더한 콜로니도 있는데 유독성 쓰레기와 방사능 폐기물 처리장이다. 〈3년을 버티면 그때부터 코가 떨어져 나가고 피부가 고무장갑처럼 벗겨진〉다는 최후의 쓰레기장으로 끌려가는 이들은 시설에서 사용 가치를 증명해 내지 못한 자들이다.

환경 오염의 피해도 마찬가지다. 코로나19의 여파로 온라인으로 진행된 2022년 그린 콘퍼런스의 발표자들은 청소년, 농민, 배달 노동자와 같이 기후 위기에 가장 취약한 계층이었다. 〈빙판 위의 북극곰과 아스팔트 위의 노동자〉를 주제로 발표한 라이더 유니온 위원장 박정훈 씨는 기후 위기를 특정 계층이 불평등하게 감수하고 있다고 말한다. 도로에서 대부분의 노동 시간을 보내는 라이더들이 환경 오염의 피해를 고스란히 떠맡고 있다는 것이다. 배달 산업이 발전하면서 도로 정체가 심화되고, 그 피해는 또다시 배달업 종사자들의 몫이 된다. 태풍이 오면 쿠팡에서는 생산과 소비를 멈추지 않기 위해 건당 수당을 1만 5천 원에서 2만 원으로 올린다. 라이더들은 그렇게 폭염이 쏟아져도, 태풍이 들이쳐도 도로로 나서야 한다.

나는 「오가닉 코튼 베이브」라는 단편소설에서 일본 후쿠시마에서 만든 오가닉 코튼 인형을 집 안에 들일 수 없는 한국 중산층 가정의 모습을 풍자했다. 실제로 후쿠시마에서 만든 물건을 판매하려던 생협이 회원들의 반대에 부딪혀 판매를 중단한 사건이 있었고, 그 일에 대해 함께 이야기해 보고 싶어서 소설을 썼다. 환경에 대한 관심을 내 가정의 식탁으로 제한한다면 쓰레기는 그저 이동할 뿐이다. 나라와 나라, 내 땅과 네 땅을 오가는 쓰레기 산 문제가 이와 다르지 않다. 집 앞에 버리고 내 눈앞에서 사라지면 없는 것처럼 여겨 버리는 쓰레기 문제가 이와 다르지 않다.

나는 쿤과 펑이 일하는 곳의 쓰레기 산, 이집트의 소녀가 드러누운 쓰레기 산, 경기도 일대에 투기된 5미터가 넘는 쓰레기 산을 알아볼 수 있었다. 그 산들의 모습은 비슷비슷하게 닮아 있었고 낯익었다. 내가 삭제했지만 분명히 내 손으로 쓴 원고의 일부처럼(최종 수정본을 보낼 때 분명히 삭제했는데 누군가 나 몰래 복사하기로 붙여 넣어 얼굴을 화끈거리게 하는 것처럼) 화면과 사진 속의 쓰레기 산이 나와 무관하지 않다는 것을 알 수 있었다.

내가 매일 그 산을 닮은 쓰레기를 내다 놓고, 모두가 깊이 잠든 새벽에 쓰레기차에 실어 어디론가 떠밀었다. 미국이 한국에, 한국이 필리핀에, 사장이 노동자에게, 남성이 여성에게, 어른들이 아이들에게, 사람들이 동물들에게 떠민 것과 같다. 내 집 안에서 집 밖으로 떠넘겼다. 그게 우리가 쓰레기를 버린다는 것의 의

미다.

우리가 매일 버린 쓰레기는 사라지는 게 아니다. 어딘가로 간다. 누군가에게로 간다. 누군가는 돈을 받고 쓰레기를 팔고, 누군가는 쓰레기를 처리하지 못해 몰래 갖다 버리고 도망친다. 어떤 이는 쓰레기를 분리수거한 돈으로 목숨을 부지한다. 어떤 이는 쓰레기 더미에서 놀며 자란다. 어떤 이는 쓰레기를 먹고 죽는다.

네 벌의 초록색 코트

나도 비슷한 일이 있었어요. 하루는 버그도프 백화점 앞을 지나는데 쇼윈도에 맘에 드는 초록색 코트가 걸려 있었어요. 그래서 들어가서 그 코트를 샀어요. 그런데 며칠 지나서 다른 곳에서 처음 코트보다 더 좋은 걸 본 거예요. 그래서 그것도 샀어요. 나중에 옷장 안엔 초록색 코트가 네 벌이나 걸려 있게 됐죠.

제임스 설터, 「혜성」 중에서

나는 이 이야기가 내 삶을 닮아 있다고 생각했다. 물론 비유적인 의미에서다. 실제로 같은 색의 코트를 네 벌이나 갖고 있지는 않다. 하지만 욕망을 자제하지 못하고 필요하지 않은 것들로 나를 채워 가고 있다는 소설 속의 발견은 내 삶을 되돌아보게 했다. 나는 내가 갖고 싶지 않은 것이 이미 내 집에 붙박이로 설치되어 있는 것을 봤다. 나를 불편하게 하는 것을 내가 몸에 두르고 있는 것을 봤다. 그것은 소음을 내는 냉장고와 세탁기, 가스 후드, 커다란 거울이 붙어 있는 선반이었다. 또 내 몸을 조이는 옷들과 무겁고 갑갑한 액세서리들이었다. 당시에는 풀 옵션 오피스텔에 살고 있었고, 남들 눈에 화려해 보이고 싶었던 시절이기도 했다. 역세권에서 떨어진 빌라로 이사하게 되면서부터 필요하지 않은 것, 그러나 필수품이라고 여겨지는 것들에 대해서 다시 검토해 보았다. 전기요를 깐 침대보다 따뜻한 바닥에서 잠드는 게 더 좋고, 냉장고와 세탁기처럼 소음을 내는 가전제품들을 빼고 대신 몸을 더 움직이고 공간을 여유롭게 사용하는 게 더 편안하다는 사실을 알았다.

또 하나 깨달은 것이 있다. 휴대 전화가 실은 만족스럽지 않다는 사실이었다. 손에서 잠시도 놓을 수 없고 몇 분마다 확인하게 되는 휴대 전화. 그것이야말로 내 인생의 초록색 코트였다. 네 벌이 아니라 4천 벌, 4만 벌의 코트였다. 항상 곁에 두고 시도 때도 없이 화면을 확인하고 있었다.

만일 어떤 일을 반복하고 있다면 실은 그 일이 자신에게 불만족스러울 가능성이 높다. 하지만 우리는 곧잘 반대로 생각한다. 자기가 자주 하는 일은 자신이 좋아하는 일이라고. 정말로 만족스럽다면 그것을 바로 또 하게 되지는 않는다. 충분한 시간이 지난 뒤에 그 효력이 떨어졌을 때 다시 그것을 찾게 된다. 진짜 엄청난 만족감을 느꼈다면 일생에 한 번으로도 충분하다고 느낄지 모른다.

이제 슬슬 휴대 전화와 거리 두는 방법을 소개할 때가 된 것 같다. 사실 휴대 전화는 다른 전자 기기들과 본질적으로 다르다. 냉장고나 세탁기는 없더라도 당신의 삶에 큰 파장을 불러일으키지 않는다. 당신이 그 사실을 발설하지 않는 이상 아무도 뭐라고 하지 않는다. 당신은 좀 더 고요해지고 그만큼 더 수고스러워질 뿐이다.

하지만 당신이 휴대 전화를 포기하거나 그것과의 거리를 조절하려고 한다면 분명 외부의 저항에 부딪힐 것이다. 당신은 세상에 관심이 없거나 게으른 사람이라고 오해받게 될 것이고 당신이 속한 그룹에서 모두가 알고 있는 사실, 때로는 필수적으로 알아야 할 정보를 놓칠 수도 있다. 그것을 받아들이고 그것이 준 장점을 누려라. 당신 주변의 공기가 아주 천천히 여유롭게 흐르고 있고, 당신은 자연스럽고 편안하게 숨 쉬고 있다는 걸 발견하게 될 것이다. 다른 사람의 의견이나 평가에 전처럼 안달하지 않고 좀 더 중심을 잘 잡게 되었다는 사실을, 내 삶을 내가 조절한다는 이 감각을 즐기면 된다!

나는 휴대 전화를 멀리하게 되면서 많은 것을 (기꺼이) 잃었다. 때로 일과 관련된 부분을 포기해야 했고, 친구들과의 관계에서 더 친밀해질 수 있는 기회를 놓치거나 훨씬 쉽게 할 수 있는 일을 몇 시간이나 더 들여야 해낼 수 있었다. 하지만 그럼에도 불구하고 꼭 필요한 경우가 아니라면 여전히 휴대 전화를 가지고 다니지 않는다. 그것은 더 낫거나 모자란 삶이 아니라 〈다른 삶〉이다. 나는 도시 한복판에 끼어든 작은 숲을 얻게 되었다.

그 숲이 매력적으로 느껴지거나 필요하다고 생각된다면 당신도 당장 시도해 볼 수 있다. 일주일에 한 번이라도 좋다. 그것도 내키지 않으면 한 달에 한 번도 괜찮다. 아주 간단한 방법이다.

외출할 때 휴대 전화를 집에 두고 나가라.

이미 알고 있다고 생각했던 당신 주변의 풍경들이 죄다 다시 보일 것이다. 당신이 얼마나 섬세하고 가슴이 따뜻하고 부드러운 촉감을 지닌 인간인지 확인할 수 있을 것이다.

그다음에는 휴대 전화를 두고 나가는 횟수를 점차 늘린다. 휴대 전화를 사용하지 않을 때는 꺼두는 것도 하나의 방법이다. 나처럼 도전 정신이 강하고 일단 지르고 보는 성격이라면 과감히 요금제를 바꾸어 인터넷 연결을 끊고 통화와 문자 서비스만 이용해도 좋다.

『유혹하는 글쓰기』의 스티븐 킹이 가볍게 읽히는 한 권의 책으로 글쓰기의 방법을 흥미롭게 알려 줬다면, 『STORY』의 로버트 매키가 성경책 두께로 세세히 글쓰기의 규칙들을 제시했다면, 레이먼드 챈들러는 단 한 문장으로 그렇게 했다.

〈글 쓰는 것 외에 아무것도 하지 마라.〉

20년 가까이 소설을 쓰면서 나는 이보다 더 훌륭한 글쓰기 지침을 배우지 못했다. 글쓰기 외에 아무것도 하지 않는 것, 이게 내가 집에서 사용하는 작업용 컴퓨터에 인터넷을 연결하지 않은 이유다.

숨 쉬는 것 외에 아무것도 하지 마라.

챈들러의 글쓰기 규칙과 비슷한, 최정화식 명상의 규칙이다.

지금 내게는 카톡 대신 휴식이 필요하다. 불필요한 코트를 네 벌이나 옷장에 간직하는 대신 휴대 전화와 거리를 두면서 되찾게 된 건 자연스럽고 편안하게 깊은 숨을 쉬는 기쁨이었다.

당신 인생의 초록색 코트는 무엇인가?

무언가를 사고 싶다면 슬슬 무얼 버려야 할 때가 온 건지도 모른다. 채워도 채워도 다시 또 채워야 한다고 느낀다면 이제 비워야 할 때가 온 것인지도.

영쩜일 웨이스트 십계명

1. 마트 대신 시장 이용하기
2. 일회용품을 대체할 다회용품 가지고 다니기
3. 안 먹는 음식을 정하고 적당량만 먹기
4. 조금 멀어도 포장재를 덜 쓰는 가게 이용하기
5. 쓰레기로 버리기 전에 재사용할 아이디어 떠올리기
6. 쇼핑할 때 이미 갖고 있는 품목이라면 사지 않기
7. 살 때는 버리고 재활용되는 과정까지 고려하기
8. 포장재를 사용하지 않는 상점의 품목들을 기록해 나만의 제로 웨이스트 지도 만들기
9. 가까운 곳은 걸어다니거나 자전거 타기
10. 이 모든 것을 한 번에 완벽하게 하려고 하지 말기

무엇을 더 사야 하는 방식보다 내가 가지고 있는 것을 줄이면서 삶을 전환하는 방식을 추천한다. 이미 가방이 넘쳐 나는데 재활용 소재로 만들어진 가방을 또 살 필요는 없다. 아예 가방을 사지 않겠다고 생각을 바꾸면 새로 나오는 신상품들이 아무리 환경을 위한다고 해도 필요가 없다는 것을 알게 될 것이다.

자기가 제일 잘할 수 있는 방식으로 하면 된다. 제로 웨이스트 실천 초기에는 굉장한 스트레스를 받게 된다. 이 구조 안에서 나 혼자 한다고 해서 벗어나기가 불가능하기 때문이다. 하다가 안 되면 잠깐 쉬어 가도 된다는 것, 그렇게 차차 조금씩 변화를 만들어 가야 오히려 계속할 수 있다는 것을 기억하자. 처음부터 너무 완벽하게 하려고 하면 지속하기 어려울 수 있다. 옷 두 벌 살 것을 한 벌로 줄이기처럼 쉬운 것부터 시작해서 하나씩 늘려 나가기를 추천한다. 영쩜일의 숨 쉴 틈을 남겨 두어 지속 가능한 제로 웨이스트를 실천해 보자.

인용 및 참고 자료

사물의 소재를 묻는다는 것은

크리스 조던, 『크리스 조던』, 인디고 서원 옮김, 인디고 서원, 2019

크리스 조던, 「알바트로스」, 2018

겸손하고 미안하게

스파이크 칼슨, 『동네 한 바퀴 생활 인문학』, 한은경 옮김, 21세기북스, 2021

내가 처음 만든 고기

천선란, 『나인』, 창비, 2021

후나세 슌스케, 『우리가 몰랐던 유전자 조작 식품의 비밀』, 고선윤 옮김, 중앙생활사, 2020

존 험프리스, 『위험한 식탁』, 홍한별 옮김, 르네상스, 2004

케이틀린 셰털리, 『슬픈 옥수수』, 김은영 옮김, 풀빛, 2018

마리 모니크 로뱅, 『몬산토』, 이선혜 옮김, 이레, 2009

존 T. 랭, 『GMO, 우리는 날마다 논란을 먹는다』, 황성원 옮김, 풀빛, 2018

정소희, 「24시간 〈노예 노동〉 위한 그들의 집」, 『매일노동뉴스』, 2021년 3월 29일 자

오늘 저녁에 뭐 먹을까?

브램 스토커, 『드라큘라 (상)』, 이세욱 옮김, 열린책들, 2009

이영문, 『사람이 주인이라고 누가 그래요?』, 한문화, 2018

이영문, 『모든 것은 흙 속에 있다』, 양문, 1999

채식주의 리얼리티

리처드 브라우티건, 「쿨 에이드 중독자」, 『미국의 송어 낚시』, 김성곤 옮김, 비채, 2013

카트린 하르트만, 『위장환경주의』, 이미옥 옮김, 에코리브르, 2018

이동호, 『돼지를 키운 채식주의자』, 창비, 2021

우리가 어제 놓쳐 버린 5천2백만 봉지의 거절

정영수, 「무사하고 안녕한 현대에서의 삶」, 『내일의 연인들』, 문학동네, 2020

윌 매컬럼, 『플라스틱 없는 삶』, 하인해 옮김, 북하이브, 2019

고금숙, 『우린 일회용이 아니니까』, 슬로비, 2019

영쩜일 웨이스트

우다영, 「당신이 있던 풍경의 신과 잠들지 않는 거인」, 『앨리스 앨리스 하고 부르면』, 문학과지성사, 2020

윌 매컬럼, 『플라스틱 없는 삶』, 하인해 옮김, 북하이브, 2019

이동학, 『쓰레기책』, 오도스, 2020

카트린 하르트만, 『위장환경주의』, 이미옥 옮김, 에코리브르, 2018

이렇게 디자인이 훌륭한 물건이라면

데이비드 마추켈리, 『아스테리오스 폴립』, 박중서 옮김, 미메시스, 2010

홍수열, 『그건 쓰레기가 아니라고요』, 슬로비, 2020

카트린 하르트만, 『위장환경주의』, 이미옥 옮김, 에코리브르, 2018

보낸다는 마음으로 버린다

하성란, 「와이셔츠」, 『푸른 수염의 첫 번째 아내』, 창비, 2021

카트린 하르트만, 『위장환경주의』, 이미옥 옮김, 에코리브르, 2018

홍수열, 『그건 쓰레기가 아니라고요』, 슬로비, 2020

내가 음식을 구하러 갈게

가쿠타 미쓰요, 『종이달』, 권남희 옮김, 위즈덤하우스, 2014

김나나, 『지구별을 사랑하는 방법 100』, 앤의서재, 2020

이동학, 『쓰레기책』, 오도스, 2020

오므라이스 달걀부침 두께에 관한 그들 각자의 입장

김금희, 「마지막 이기성」, 『우리는 페퍼로니에서 왔어』, 창비, 2021

황주영 · 안백린, 『고기가 아니라 생명입니다』, 들녘, 2019
보선, 『나의 비거니즘 만화』, 푸른숲, 2020

지구를 살리는 만트라

제임스 그레이엄 밸러드, 「수용소 도시」, 『제임스 그레이엄 밸러드』, 조호근 옮김, 현대문학, 2017
유현준, 『공간의 미래』, 을유문화사, 2021
장서영, 『오늘부터 조금씩 제로 웨이스트』, 비즈니스맵, 2021
스파이크 칼슨, 『동네 한 바퀴 생활 인문학』, 한은경 옮김, 21세기북스, 2021

도로에 다이어트가 필요하다

나푸름, 「로드킬」, 『아직 살아 있습니다』, 다산책방, 2021
최태영, 『도로 위의 야생 동물』, 국립 생태원, 2016
스파이크 칼슨, 『동네 한 바퀴 생활 인문학』, 한은경 옮김, 21세기북스, 2021

7퍼센트 소셜 스낵, 취향 맞춤 버블 필터

박서련, 「아이디는 러버슈」, 『코믹 헤븐에 어서 오세요』, 마음산책, 2021
최영, 『허브와 커넥터』, 한울아카데미, 2019
캐시 오닐, 『대량 살상 수학 무기』, 김정혜 옮김, 흐름출판, 2017
수전 모샤트, 『로그아웃에 도전한 우리의 겨울』, 안진환 · 박아람 옮김, 민음인, 2012
사피야 우모자 노블, 『구글은 어떻게 여성을 차별하는가』, 노윤기 옮김, 한스미디어, 2019
시바 바이디야나단, 『페이스북은 어떻게 우리를 단절시키고 민주주의를 훼손하는가』, 홍권희 옮김, 아라크네, 2020
더글러스 러시코프, 『통제하거나 통제되거나』, 김상현 옮김, 민음사, 2011
스파이크 칼슨, 『동네 한 바퀴 생활 인문학』, 한은경 옮김, 21세기북스, 2021

지구의 근황, 이건 집에 불이 났다는 뜻입니다

조해진, 『완벽한 생애』, 창비, 2021
윌 매컬럼, 『플라스틱 없는 삶』, 하인해 옮김, 북하이브, 2019
김수종, 『0.6°』, 현암사, 2003
조너선 닐, 『기후 변화와 자본주의』, 김종환 옮김, 책갈피, 2011
마이클 만 · 톰 톨스, 『누가 왜 기후 변화를 부정하는가』, 정태영 옮김, 미래인, 2017
김병권, 『기후 위기와 불평등에 맞선 그린 뉴딜』, 책숲, 2020

레스터 브라운, 『우리는 미래를 훔쳐 쓰고 있다』, 이종욱 옮김, 도요새, 2011
박광선, 「세계 최초로 가전제품에 이산화탄소 배출량 표시」, 『프라임경제』, 2009년 2월 19일 자

쓰레기, 지구의 위성이 되다

최은정, 『우주 쓰레기가 온다』, 갈매나무, 2021
이새봄, 「우주 쓰레기의 위력…… 완두콩만큼 작아도 수류탄급」, 『매일경제』, 2021년 10월 29일 자
김준래, 「돛을 활짝 펼쳐 우주 쓰레기 제거한다」, 『사이언스타임즈』, 2021년 9월 13일 자
이태형, 「우주 시대 본격화…… 우주 쓰레기는 어쩌나」, 『사이언스타임즈』, 2020년 10월 27일 자
이현경, 「〈우리는 우주 쓰레기 사냥꾼〉…… 한국도 우주 쓰레기 청소 위성 만든다」, 『동아사이언스』, 2021년 3월 26일 자

쓰레기는 누군가에게로 간다

마거릿 애트우드 원작, 르네 놀트 그림 및 각색, 『시녀 이야기 그래픽 노블』, 진서희 옮김, 황금가지, 2019
왕지우리앙, 「플라스틱 차이나」, 2016
이동학, 『쓰레기책』, 오도스, 2020
게이트22, 『용산 기지 탐색서 I, II』, 2014~2015
용산 미군 기지 온전한 반환과 세균 실험실 추방을 위한 서울 대책위(준)·불평등한 한미 SOFA 개정 국민 연대, 「발암 물질 범벅인 미군 기지, 오염까지 돌려받을 순 없습니다」, 참여연대 게시판(www.peoplepower21.org/Peace/1751686), 2020년 12월 11일
송미경, 「플라스틱 차이나: 플라스틱 세상의 공범자들」, 『세계와도시』, 2018
조채원, 「쓰레기 산업, 극소수만 돈 벌 뿐」, 〈차이나랩〉, 2018년 5월 20일
최정화, 「오가닉 코튼 베이브」, 『지극히 내성적인』, 창비, 2016
윌 매컬럼, 『플라스틱 없는 삶』, 하인해 옮김, 북하이브, 2019

네 벌의 초록색 코트

제임스 설터, 「혜성」, 『어젯밤』, 박상미 옮김, 마음산책, 2010
스티븐 킹, 『유혹하는 글쓰기』, 김진준 옮김, 김영사, 2017
로버트 매키, 『Story』, 고영범·이승민 옮김, 민음인, 2002

지은이 **최정화** 생태 환경 문화 잡지사 〈작은것이 아름답다〉에서 살림지기로 근무하다가 2012년 『창작과비평』 신인소설상에 「팜비치」가 당선되면서 작품 활동을 시작했다. 2016년 젊은작가상을 수상했다. 2016년 녹색연합에서 제작한 영상 캠페인 〈너와 나의 설악산 이야기〉에 참여했고, 2019~2020년 국립 공원을 지키는 시민의 모임 소식지인 『초록 숨소리』에 환경 만화를 그렸다. 2022년 희망제작소에서 〈없이 살기: 냉장고, 세탁기, 인터넷, 화학 제품과 새 옷 없이 사는 삶에 대해〉라는 주제로 강연했다. 소설집 『지극히 내성적인』, 『모든 것을 제자리에』, 『오해가 없는 완벽한 세상』, 중편소설 『부케를 발견했다』, 장편소설 『없는 사람』, 『흰 도시 이야기』, 『메모리 익스체인지』, 에세이 『책상 생활자의 요가』, 『나는 트렁크 팬티를 입는다』 등을 썼다.

비닐봉지는 안 주셔도 돼요

발행일 **2022년 7월 5일 초판 1쇄**

지은이 **최정화**
발행인 **홍예빈·홍유진**
발행처 **주식회사 열린책들**

경기도 파주시 문발로 253 파주출판도시
전화 **031-955-4000** 팩스 **031-955-4004**
www.openbooks.co.kr

ISBN 978-89-329-2272-0 03810

• 이 책은 친환경 재생 용지로 제작했습니다.